清末民初文獻叢刊

瓶廬詩稿

（上册）

［清］翁同龢 撰

朝華出版社
BLOSSOM PRESS

圖書在版編目（CIP）數據

瓶廬詩稿 ： 全2册 / （清） 翁同龢撰. -- 北京 ： 朝華出版社， 2018. 9
（清末民初文獻叢刊）
ISBN 978-7-5054-4302-0

Ⅰ. ①瓶… Ⅱ. ①翁… Ⅲ. ①古典詩歌－詩集－中國－清代 Ⅳ. ①I222. 749

中國版本圖書館CIP數據核字(2018)第172535號

瓶廬詩稿（全二册）

作　　者　[清]翁同龢

選題策劃　楊麗麗　尚論聰
責任編輯　劉小磊
特約編輯　孫　開　王春蕾
責任印制　張文東　陸競贏
封面設計　劉敬偉

出版發行　朝華出版社
社　　址　北京市西城區百萬莊大街24號　　**郵政編碼**　100037
訂購電話　（010）68996618　68996050
傳　　真　（010）88415258（發行部）
聯系版權　j-yn@163.com
網　　址　http://zhcb.cipg.org.cn
印　　刷　藝堂印刷（天津）有限公司
經　　銷　全國新華書店
開　　本　880mm×1230mm　1/32　　**字　　數**　129千字
印　　張　19.25
版　　次　2018年9月第1版　2018年9月第1次印刷
裝　　別　精
書　　號　ISBN 978-7-5054-4302-0
定　　價　145.00元（全二册）

出版前言

中國自一八四〇年鴉片戰争以來，傳統的農業文明在西方的堅船利炮轟擊之下徹底被顛覆，有擔當的知識分子苦苦追尋，思索社會改革的途徑。從最初的『師夷長技以制夷』到『民主制度，天下之公理』（梁啓超語），他們發現要『强國富民』，首先要『開啓民智』，祇有民衆擁有了獨立思想和批判精神，國家纔能實現真正的强大。在此後一百年的時間裏（一八四〇—一九四九），思想者們從社會變革深入到國民性的改造，用每一部作品見證着中國近代化的遞變歷程。這是一個極其重要的時代，《清末民初文獻叢刊》正是收録了這一時期的作品，大部分書籍都是早期版本，有着極高的文獻研究價值。

清末的中國經歷了『三千年來未有之大變局』（李鴻章語），大清王朝面對西方列强的艦炮，表現得驚慌失措。尤其是鴉片戰争，使『天朝帝國萬世長存的迷信受到了致命的打擊，野蠻的、閉關自守的、與文明世界隔絶的狀態被打破了』（《馬克思恩格斯選集》）。一批士大夫知識分子，尤其是在歐美諸國擔任使臣或者游歷的知識分子最先覺醒，着眼于對西方國家的考察，進而反省本國政治制度的劣勢，可以視作『啓蒙』的端倪。如曾擔任駐英公使（兼任駐法公使）的郭嵩燾在《使西紀程》中以日記的形式記録了自己對歐西諸國的觀感，他在考察了英國的政治制度之後，發現英國政府官員收入超過三百磅者與普通老百姓一樣同等納税，他説：『此法誠善，然非民主之國，則勢有所不行。西洋所以享國長久，君民兼主國政故也。』他明確提出了『民主』，在國家的管理問題上，人民也有參與的權利。他在該書中所披露的西方政治、經濟、文化等領域優于大清帝國這一事實觸動了保守派的神經，立刻遭到保守派群起而攻之，進士何金壽彈劾他『有二心于英國，欲中國臣事之』，他家鄉湖南的民衆對他更是痛加詆毁，以至于滿城揭帖，誣蔑他『溝通洋人』，在這種群情洶洶的情況下，朝廷最後下旨將《使西紀程》毁版，從而使該書成了禁書。然而，書雖被毁版，却不能堵死民衆的傳播與閱讀的途徑，上海的《萬國公報》依舊連載該書，張佩綸曾説：『朝廷禁其書，而新聞紙接續刊刻，中外傳播如故也。』從某種意義上來説，啓蒙是時代的需要，盡管清政府發諭旨禁了該書，民衆乃至一些朝廷大員却依舊在私下閱讀，以便瞭解外部的世界。進步的社會是開放性的，任何企圖『閉關鎖國』的努力都意味着歷史的倒退，衹有開放，與整個世界文明保持同等的步伐，纔能實現真正的强國之夢。當大批知識分子走出閉鎖的國門，親歷了文明的洗禮之後，也就把啓蒙的智識帶回了中華大地。容閎的《西學東漸記》，梁啓超的《新大陸游記》，崔國因的《出使美日秘日記》等一大批作品介紹了海外諸國的政治、經濟、軍事、外交、文化。雖然這些作品在認識上仍然帶有時代的局限性，然而却是那時最爲珍貴的聲音。

另一方面，在學術上，中國文化母體内『經世致用』思想與資產階級思想相結合，也喚起了變革，以康有爲、梁啓超爲首的改良派試圖通過自上而下的革新以實現變革。康有爲的《新學僞經考》《孔子改制考》就是借經學之表論資產階級學説之裏的著作，康有爲的弟子梁啓超更是通過《新民説》一書提出國民性改造。與早期啓蒙者『師夷長技』的器物文明引進不同，梁啓超上升到形而上的精神領域，從文化心理上更加徹底地進行變革。梁氏是清朝末年到民國初年一個橋梁式的人物，被譽爲『輿論之驕子，天縱之文豪』，其影響力不但在學術領域，同時還在文學領域，他所倡導的『詩界革命』得到了譚嗣同、黄遵憲、丘逢甲等人的響應，黄遵憲的《日本雜事詩》，丘逢甲的《嶺雲海日樓詩鈔》都體現了這種主張。這一主張要求反映新的時代和新的思想，用『我手寫我口』（黄遵憲語）的方式直抒胸臆，對長期占詩壇主流的擬古主義、形式主義產生了巨大的衝擊，解放了寫作者的心靈和頭腦。

與社會變革同步的是早期對西方思想著作的翻譯，這裏面影響最大的是嚴復，他翻譯的《天演論》《社會通詮》等書直接孕育了民國一代的知識階層。魯迅、胡適等人在文章中都曾提到《天演論》對他們思想所產生的震撼。與嚴復略有不同的另一位翻譯家是林紓，他的譯作雖然參差不齊，但却在更細膩的心靈層次對讀者產生影響，許壽裳曾回憶，他和魯迅都熱衷于林譯的小説，如《巴黎茶花女遺事》《黑奴籲天録》《迦茵小傳》等作品。

辛亥革命之後，進步社會思潮成爲主流，比之清末思想啓蒙者『求存』的追求，民國以來的知識階層深入到了更加細微的肌理，一方面呼喚社會變革，另一方面進行點滴的建設，革命并不能使所有的一切一蹴而就，在更加深廣的領域，事物的改變是由微觀而宏觀。通俗地説，比之于革命，建設的意義更大。如《中國商業史》《中國教育史》《中國倫理學史》《中國哲學史大綱》《中國小説史略》等一大批作品都是進行系統的梳理與建設的理論作品。其中，以胡適和魯迅二人的影響最大，他們的作品一紙風靡，從而成爲新文化運動的主力人物。

《清末民初文獻叢刊》收録的文獻大致上可以分爲三個階段，其中龔自珍、張之洞、魏源、郭嵩燾、薛福成等人的作品可視爲『早期啓蒙』，康有爲、梁啓超、黄遵憲、嚴復、林紓等人的作品可視爲『中期啓蒙』，胡適、魯迅、蔡元培等人的作品可視爲『晚期啓蒙』。當然，這種劃分并非嚴格意義上的，大部分啓蒙思想者隨着時代的變化，其思想在不斷進步。縱觀整個近現代史，可以發現，要求變革不是在某一個領域，由某一類人發起和完成的，而是全社會的要求。

變革，已經成爲全社會的共識。

從清末民初的文獻中，我們能够發現一種豐富性。這些作品涉及政治、經濟、軍事、教育、外交、宗教、心理、情感等方方面面，從内而外地净化着中國兩千年以來的封建積習。它不衹是對社會的改造，更是對人心靈的重塑；它首重國家社會之建設，同時亦重靈魂心智之唤醒；它是宏大的，也是微觀的；它是嚴肅莊重的，也是活潑靈動的；這些作品結構精巧，思想内容深刻，擁有濃厚的人文主義色彩，對推動社會主義建設，實現中國夢有重大意義，是近現代中國一百年來最宏富的智識與情感的寶藏。因此，整理這些文獻作品，無論是出于資料保存的目的，還是爲圖書館提供資料副本，都有不可估量的意義。

特定時代下的文獻，當它一旦形成（既指草擬，創作的完成，也指其成爲一個載體），就不可再複製了，也就意味着它將面對消亡。對于文獻資料而言，越接近歷史事件發生的時代記録，越具有研究價值。文獻本身具有不可再生性，它衹會消亡，而不會增多。盡管文獻本身的文字可以保留下來，并進行傳播，却失去了當時的時代氣息。當時的作品可能在技巧上，文字的成熟度上不及當代，但它所負載的信息，創作者的情感都反映了當時的歷史，也就是説，它具有不可替代的歷史意義。

影印的版本有三個特點，第一是擁有文獻的『原始性』；第二個特點是『未經改動的』；第三個特點是『歷史的原貌』。所謂『原始性』，也就是説，它是第一手資料，而非轉述的，回憶形成的；『未經改動的』，是指未被篡改、删節、挖補的；『歷史的原貌』是指在影印製作過程中，完全依照文獻的原來模樣……這樣製作出版的作品，無异延續了文獻的壽命。

近現代思想史上的一個最重大的思潮就是『開放』，從林則徐的『開眼看世界』到蔡元培的『兼容并包』，都是在倡導一種開放式的胸襟。而《清末民初文獻叢刊》最有魅力的部分就是『開放』這一主題，衹有融入到世界文明發展的進程中，中華文明纔能歷久彌新。

《清末民初文獻叢刊》編委會

二〇一七年四月十四日

凡例

一、《清末民初文獻叢刊》（以下簡稱『叢刊』）爲影印本，舉凡所用之底本，均爲該書之早期版本。有清末刊本，亦有民國印本。

二、《叢刊》均依底本影印，未予删改，僅代表作者個人觀點，不代表官方立場；原刊本有誤，不予校改，以保留文獻之原貌。

三、《叢刊》所用之底本，因時日久遠存在漫漶的情況，均進行了修復；底本闕文、印刷不清，均保留原貌。

四、爲讀者閲讀之便，《叢刊》中之舊底本目録未標記頁碼者，編了目次；原底本有頁碼和目録，未予重複編目。

五、爲保持文獻的原始風貌，影印本保留了原書書影（原書爲多册，則保留第一册書影）、扉頁等信息。所用底本無相應信息者，則不予妄添，以免錯訛。

目録

上册

下册

乙未孟秋

瓶廬詩稿

邵松年敬題

夫環頊同輔太平之主佳話豔稱楚綯接武危亂之朝
大勲未集歷觀史冊感慨系之我　松禪夫子　文端
公之少子　文勤公之弱弟也驥足能超鳳毛濟美望
同洵軾學並郊祁父爲亞相希文不負夫秀才子登大
魁宋瑞早稱爲國寶儲才翰苑養望　禁林作兩代之
帝師稱　三朝之碩德迭持文柄樹桃李之新陰進
領度支綜鹽鐵之舊論再參樞密遂進參知人望如仙
門眞集慶然而宫庭水火魏公之調護爲難疆場烽煙
中令之救平之術斜封中旨倖竇屢開諧價西園傳聞
更異　公造膝陳詞犯顔極諍罕有迴天之毅力更加

偃月之讒言斥逐一朝中外駭歎雖然雷霆雨露罔非
君恩廊廟江湖仍容自適以視會昌首輔嫣瘴而適珠
崖蘭陵舊傳和藥而斃牢獄以今方古似猶勝之由是
鈞軸卸茲扁舟歸去蒓鱸無恙華鶴仍聞巢山椒而無
敢甯居詎生怨謗歸田舍而不遑暇食自省愆尤疊聞
神賜甝田鬼謀曹社建章受箭迫　鑾馭以出巡闔
燒門餌金繒以卻敵既無扞衛之力空存悲憤之懷況
監察之有人慮萋菲之及我得聞肆赦遽爾歸真傷巳
洎乎是非大定公論聿昭復職之詔既播於四方諡法
之頒猶遲之後日此中有不可解者至今人莫能明也

公著述甚多流傳較少先是　文端公知止齋詩十六卷體近中唐音多古調鼓鼙風緊未平海上之孫恩牛斗芒寒難獲江南之劉晨已少承平之象漸多悽愴之音　公之詩則春雲出岫秋月麗天扶四始之源流怡情書畫分九霄之聲欬酬答賓朋德甫正三卓鯨鼎足而觀華嚴之經有事君不終之慨讀西亭之書有種松守墓之嗟因歸牧而感催科慨登瀛之歸外界兩集之詩篇如此一時之氣象可知若荃孫之於　公也同治甲戌入張文襄公蜀幕輯書目答問談及京師泰斗莫如翁潘二公願與一緘以爲介紹荃孫持函進謁優

待逾恆適廁庶常例稱弟子因之立雪程門執經劉學屢陪飲讌亦侍茗談景定之蘇集能窺婁壽之遺碑獲覩後與掌院不合去官歸田　公自挽留之又託順德師再三達意至今心感休休早指夫中條去去弗留於上國褊衷自悔往事奚追今訂遺詩猶同覿面嗚呼袞衣已渺空詠東山零雨之篇賸墨猶存不忘北海琴尊之集即茲八卷已定千秋門下士江陰繆荃孫謹序

常昭合志列傳

翁同龢字聲甫號叔平心存三子咸豐丙辰一甲一名
進士授修撰戊午典陝甘試留學政時猶未散館也甫
一年以思親切引疾歸丁父憂服闋同治四年以右中
允奉　命弘德殿授讀有勉承先人未竟之志　温諭
穆宗賓天光緒元年復奉毓慶宫授讀之　命固辭
不獲蓋趨承　講幄納誨　兩朝者垂三十年歷官至
戶部侍郎左都御史刑部工部戶部尚書加太子少保
銜協辦大學士兩入軍機兼總理各國事務遇慶典
賜穿帶膝貂褂　賜雙眼翎紫韁　恩賚有加同龢以

世受　國恩當時事艱難遭逢　明聖投艱遺大朝夕
憂勞冀得圖報於萬一其在　講帷也於　列聖遺訓
古今治亂反復陳說曲盡其理其調和宮廷以　聖孝
爲本其闡明政要以憂勤爲先尤能直言極諫造膝事
祕世莫得聞章疏又强半焚稿所可知者請止　臨幸
王府請罷修圓明園請省　宮禁一切工程免外省傳
辦各物皆蒙　嘉納蓋立朝數十年矢誠矢敬有古大
臣風顧以秉性正直爲小人所忌遭讒罷廢朝野惜之
二十四年十月　諭旨樞臣王文韶與剛毅力爭以
朝廷進退大臣以禮無編管之理剛毅詭稱出　慈聖

意實非　慈聖意也同龢忠孝源清讀書靡不貫徹尤
邃於性理屢司文柄擢經術淵通之彥平居延攬人才
虛心下士一時歎爲莫及事親竭終身之慕憂國之心
時見於辭色削籍後廬墓七年閉門思過每念時艱輒
復流涕三十年五月卒於里第年七十五宣統元年吳
中士大夫追念忠清合詞請爲湔雪　恩准開復原官
旋　予謚文恭所著詩文清超古雋不落恆蹊書法縱
橫跌宕力透紙背有魯公風骨晚年學隸兼迴腕作書
力追靜穆人得片楮珍若兼金著有瓶廬詩稿八卷刊
行餘事編輯（國史本傳　參家述）

參校姓氏

俞鍾穎君實

俞鍾鑾次輅

丁國鈞秉衡

龐樹韡祝潮

瓶廬詩稿卷一

目錄

道逢村叟詢余家事悽然有作

謁明陵

題四額駙畫 丙寅

題言卓林藏劉文清楷書百家姓册

題王蓉洲丈商彝圖即書先伯兄詩後 丁卯

送王蓉洲丈觀察閩中

題湯文端公遺墨爲童啓山

移居靜默寺 戊辰

露坐

壽潘貫川封翁

題陸湅文藏汪退谷縮臨褚聖教序

題汪杜林先生金書普門品經册

同友人遊一粟園因贈

送龎雲樬孝廉南歸

再次蔭軒韻

飲桂廉舫侍郎所口占

次韻潘伯寅阻雨東華門酒家

伯寅賃酒家屋同居次前韻

太息

題張松坪瀟湘夢遊圖

題錢春臺翁遺照 壬申

昨遊靈巖風雨尋韓蘄王墓碑歸寫一圖并題其
後 癸酉

次公屬題費廉卿寶康笠澤漁隱圖

題十老圖爲陶君成棟

題趙次侯藏石谷畫幀後

徐月槎挽詩 代五兄作

爲姚湘漁題白雲圖敬次 先公原題韻時將北
行 甲戌

贈吳儒卿鴻綸時予將入都

次韻贈吳雅庭先生 錫棨

常州道中用東坡元日宿丹陽韻寄惲晥香

菊影 奉敕作

送吉卿姪之官浙江

題潘伯寅萬柳堂補柳圖

楊協卿母夫人壽詩

甯壽宮賜宴恭紀次潘侍郎韻

題明人寫經寄鹿卿姪

金城圖廣紹彭總憲壽屬題

題徐蔭軒前輩桐松風水月小照

瓶廬詩稿卷一目錄

瓶廬詩稿卷一

常熟　翁同龢　叔平

辛亥

小遊仙十首

昨夜天書下九重羣仙都佳慦珠宮文昌原屬三能職

何事傳宣南極翁

細挹瓊漿鍊紫霞殷勤種得碧桃花天風一夜都吹盡

御落尋常道士家

仙家例種玉爲田歲歲璚枝貢九天不道近來雞犬惡

靈苗踏盡草芊芊

霧閣雲窗事渺冥蛾眉無計學娉婷姮娥畢竟人間樣
怎比銀河織女星

石室丹鑪不計年冷雲枯木尚依然一雙青鳥前生福
竊得殘脂竟上天

託根端要傍瑶臺未必仙姿勝衆材祗爲玉皇親手種
大家推作百花魁

豈有青藜照石渠談經劉向竟何如神仙不喜鄉嬛字
錯寫天官玉葉書

不繫腰纏跨鶴還揚州無處是家山桃花開遍青溪路
要遣漁人去叩關

聞道湘君下洞庭蜺旌翠蓋霧冥冥數聲霹靂天胡舞
斬取毒龍江水腥
閬風妙圃劇清涼不願升天便退藏留取世間真道德
看人搤腕獻奇方
癸丑
送吴修來文下第南歸
延陵先生山澤癯羅縷道妙談詩書醒時狂歌醉溫克
世人不識驚爲迂計車四度春風裏不爲徵名爲知己
明珠空照海南天矯矯驪龍今睡矣鰥生二十京華塵
口銜石闕腸車輪沈觀徧識天下士如君質直無其人

春明門外依依柳不斷青山迎馬首江表風濤天地昏

有人獨負書囊走淒絕離筵雙玉瓶醉眼不見辛峰亭

咄嗟老秃將安用歸去勤繙太白經

戊午

題魏氏樂賓堂圖

咸豐戊午初秋奉使秦中將發葆卿上舍以此

屬題倚裝漫書一律

樂賓遺構今何有片楮流傳翰墨功易代衣冠留子姓

百年喬木幾秋風東南復社文章在西北高樓想象中

展卷不勝三歎息東臯紅豆翳蒿蓬

定興道中七夕同潘鄭盦作

燕臺回首樹冥冥尚見西山未了青薄醉豈能消積痗遠遊終是逐浮名鳳[redacted]蟬翼知成夢魚枕壺鐙喚不醒人事變更誰料得涿州城下看雙星

庚申

題王蓉洲文藏宋搨麻姑仙壇記

顏公真書變小篆窮極開闔(含)剛柔仙壇大字傳本少而此細楷尤難求子固作詩歎小歟後先著錄陸與歐春雷轟殘吏稾去縱有妙蹟誰能(以)西臺嗜書得顏髓獲此片楮珍琳璆較量銖黍妙分布刻畫絲髮煩雕鎪

纖纖旁舒蚑腳趯落落外裹蠆尾鉤橫空真氣不易到
不獨波磔中鋒道南城圖經今寂寞遺壇半圯杉松稠
元宗好奇感神迹天寶五載開靈湫是時東京盛羅綺
雲窗霧閣通綢繆驪龍已睡猿鶴歎文字雖好江山愁
麻源水深不可涉丹霞洞邃阻且修公書此碑亦何意
會知日月如奔流蓬萊方丈彈指變惟有忠孝垂千秋
小齋夜寒燭花炧摩挲翠琬春雲浮容翁（周容齋丈）已矣蝯
叟去（何子貞前輩）墨緣聚散波中漚卻題此詩三歎息公乎
千載真悠悠

壬戌

送人南歸

急景何崢嶸窮陰正凝沍啾啾鳥失羣瑟瑟葉辭樹君今浩然去別緒渺難訴豈不欲留君知君不可住鸞凰重鎩翮騏驥屢紆步行矣勿復言儒冠信多誤疾風吹衣裳旅次多霜露努力加餐飯無爲嗟日暮後會自有時待君金臺路馬首西山青勸君一回顧

送鹿卿姪旋里

汝來我即駕征騑我到京師汝又歸此去正當蓴菜熟重來應見杏花霏傳家詩禮宜遵訓滿地干戈慎見幾行矣勉旃須强飯莫教風露上征衣

甲子

榆發題壁和尹杏農韻

送爾出門去秋風生裌衣好詩留我讀舊夢已全非世事翻碁局清談鑄鐵圍稾街新置邸應恤固邦畿

舜巡終不復　堯德至無名未忍誅張禹何曾逐賈生

艱難丁國運水火軫　皇情莫勒中興頌　雲霄憾未平

道逢村叟詢余家事悽然有作

叟李姓固安鄉人言曾遊余鄉詢余家人名歷歷蓋向充報子屢至余家也

温公五畝宅汝亦屢經過喬木今何在吾生可奈何
雀羅原見慣葛帔亦人情白髮何村叟能呼小子名

謁明陵

萬山環抉控邊門玉座荒寒草木尊種樹村民餘匠氏居民日某陵匠某陵監賣茶野老是王孫　聖朝屢下修陵詔易代誰思踐土恩手挹寒泉薦蘋藻杜鵑未敢賦招魂

丙寅

題四額駙畫醇邸所藏

十年拓戟侍金門玉鏁銅鐶舊夢痕猶見君侯瀟灑意短煤和赭寫江村

紙尾曾無字一行故人珍重爲收藏煙江壘嶂依稀是
誰記王詵寶繪堂宋駙馬都尉王晉卿善畫築寶繪堂東坡爲之記

題言卓林藏劉文清楷書百家姓册

諸城筆勢近鍾虞六十年來抗手無參用北朝碑版法
平書精論是安吴

吴越遺編北宋書九煙排次復何如百家姓乃吴越時人撰見陸游郊居詩注明周九煙有重排本東南文學先賢啓數典何忘溯厥初

樅陽榜字化爲煙江左風流已渺然人物豈因門望重
安危端賴出羣賢

丁卯

題王蓉洲文商彝圖即書先伯兄詩後

蕉麓傳烽實氣銷雲雷無力壓春潮茗香堂外花陰密
莫使虹光切斗杓

古文雖質有盃盞爰歷凡將未足名我愛晉江陳給諫陳頌南釋首一字曰舉引禮記謂之杜舉以證自發自疏為分明

又到春鐙椒酒邊彝齋遺集忍重編先伯兄著彝齋雜志待刊世人
漫著三劉譽貢父能文未必然

送王蓉洲文觀察閩中

春星纖纖雪花白如海齋頭夜送客客言庭樹尚扶疏
昔比人長今百尺价人寓舍藝齋先生曾居之庭槐其手植也月擣風幔開

長廊舊巢尚憶紗轂行畫圖約略寫陳迹幅巾瀟灑重升堂此堂此樹終誰有且喜吾儕共樽酒百年喬木見孫曾三世淵源重師友乾嘉以來溯邑賢海州蕭縣相後先（先祖任海州校官蘗齋先生爲蕭縣訓導）夜堂沈沈花市屋（君嘗與先公同寓）春風汎汎胥江船（又與伯兄同上計吏）法曹七載連車騎手檢爰書共諮議一語能推佛海波萬金難抵雲天誼（餘爲刑官時嘗治獄失平君捄正之）我今入直明光宮微涼獨詠誰與同迴翔仗下不忍去殿角立盡罘罳風看君持節還鄉里父老將迎路人喜慎勿輕爲轉海遊桐江波軟輕舟檥嶺南人物工詞翰可惜溪山餘獷悍濂洛真傳閩學多　本朝

閱博安溪冠寬厚康平孝且慈使君真是吏民師它時徧校元豐稿豈有長箋貢荔枝

題湯文端公遺墨為童啓山

語徹天人自灑然無言無隱本非禪念臺一去姚江遠此境蕭寥二百年

森森真氣逼歐虞餘事雄奇世已無猶憶棠階花似雪樽前親寫主賓圖己酉之春公招飲賦詩圖主賓之位以列坐餘亦與焉

高文商略意何窮細楷還推後輩工誰識醉翁門下士白頭憔悴老牆東

戊辰

移居靜默寺

何處卜吾宅西華舊僧廬僧廬夙所愛况是先人居
入門見松柏再拜肅以趨先人舊遊處草木皆怡愉
嗚呼鮮民窮失蔭栟蘖孤孤兒亦何事辛苦一束書朝
吟和粥版夜諷隨鐘魚兒髮日以縞親骨日以枯悠悠
覆載内容此不肖軀吾皇方嚮學中原多艱虞未忍
便決去撫衷兩躊躇躊躇勿復道努力還邱墟慘慘古
佛顏助我長悲吁

露坐

追涼依佛樹靜覺此身輕螢火只一瞥蚊雷空萬聲伏

秋爭王氣星月殢人情惟有幽居樂翛然未易名

壽潘貫川封翁泗瀾其子衍鋆衍桐均官翰林

玉署羅犨彥君家著二難盍簪朋輩喜衣錦路人看籥地騰駒足巢林老鳳翰眉山隱君子何日到長安

不數三公貴封翁尚黑頭五十五歲雙壽揭雲綿舊德其尊人進士公著揭雲齋集學海重名流漫著閒居賦同移仙侶舟蓬山多杞菊更迭獻觥籌

題俞荔峰徵君銘椒仙館遺詩

日落虞淵際回車腹痛時傷心看遺集猶有白蘋詩

題許伯緘文重遊泮宮圖冊

二許才名動都下（嘉慶中先生與先外祖秋濤公同在都下皆以詩鳴）不應憔悴
鄭台州碩寬堂集分明在應向孫子瀟吳竹橋放一頭
白鬚紅帶路人扶鶴骨家家有畫圖我作柳州先友記
江湖佚老近來無（先生爲先公執友）
惻惻西風上客裳掩篷重炷影前香黌宮弟子垂垂老
早被人呼白髮郎（先生重遊泮宮之歲餘補博士弟子員）

送許誠夫表兄還豫章

久別無書問相逢有淚吞白眉猶昔日（兄幼時有白髮）壽骨是
吾昆經亂生涯薄傳家德望尊桐鄉祠墓在誰復卹王
孫

嗟我何爲者傫然此獨行父兄雙榔重天地一舟輕朝
宁蒙恩禮關津問姓名長途最棲屑賴子慰覊情
好在潯陽水孤帆奈爾何江山才士賦吳楚寓公多努
力持門户何時返澗阿贈言吾豈敢得路莫蹉跎

題李書農半萬卷齋圖用冊中顧南崖韻

扶護還邱園潜焉問家室豈無誓墓志王事有日月遺
書三萬卷兵燹百無一可憐柱下史乃自竄鄉出江山
色悽愴城市氣闃溢競尚紈綺飲誰知壁經漆峨峨李
膺門表表樹雙闕乾嘉諸老輩樸學勘儔匹洪鐘發鏗
訇圭瓚薦苾苾文辭麗以則考訂密而質津逮東南人

孳經知務實儀徵與高郵高弟最超軼訓故得師承後
生慕儒術以上謂齋生先生孝廉守貽訓早歲究理窟名高志
不展天道固難必畫圖寓深意要使塵編拭眉山有軾
轍門户願初畢奈何仲又弱棄緯嗟誰恤指少農遺雛好
眉眼玉齒十六七流涕勗之學令名矢勿失江城風雨
惡五噫致愁疾自歎一腐儒依然老寒乞

和醇邸韻

磐宗欽柱石環衛裕經綸鄭重先朝詔留貽夾輔臣雲
霄遺志恫日月聖功新一昨宸章揆欣聞大義陳光輝
由學積福祿自天申下士慚窺管傳家忝析薪餘之先人嘗授

經內殿披肝期報國東髮志安民願紀周宣績威棱讋海
垠

再和代倭相國

大哉天語煥萬象盡彌綸（御製晚日詩有光輝萬象增句）尤喜屏藩地
長資社稷臣忠誠真懇款詩句最清新鴻寶何曾祕幽
風取次陳辭危心轉切論正義重申紹復恩穹蘗居安
懍厝薪累朝神武業率土聖人民何以酬宵旰皇靈震
八垠

己巳

題張椒雲丈北山歸隱圖次卷中自題韻

郿延重見范希文遮道難留舊使君故老尚思祠召父小生竟欲吏朱雲三千里外家何在十八盤頭日未曛且買山田作歸計不辭磽确爲耕芸

宣廟初元侍帝閽中朝耆宿幾人存柳州記巳題先友（公與先人交最早）洛下居還戀主恩四海旌旄多僕隸卅年臺閣半兒孫猶餘白髮通家子來過先生畫舫軒（公居八窗洞達有類畫舫）

題潘撖坡鄧尉讀書圖

文社聯吟日寒廳夜話情蒼涼成往迹蹭蹬惜才名江漢征鴻去雲霄仗馬鳴便傾千斛酒何以贈君行

此別知誰健還山奈老何小詩隨手寫真意故人多鄧尉平生約靈巖夙昔過買田吾未暇先擬伐蛟鼉（指湖中近事）

題徐蔭軒梅屋讀書圖

夜氣空明萬籟沈掩書不讀且長吟天容月色無從寫略綴幽花意自深

疎星澹月繞柧棱　玉殿趨班午夜與傳語諸臣勤講肄　九重早炷讀書燈

鐵骨森然自不孤幾人天眼識清癯墨池尚有蛟龍氣

請詠先生觀復圖

題徐蔭軒秋林覓句圖

長安城頭一睥睨煙樹浮天樓閣麗蒼然秋色何處尋來自空濛有無際三年　禁近華髮生十丈緇塵素衣敝强將章句解古經豈有危言效忠計邊隴猶驚鼙鼓聲殊方頗怛冠巾製蟲蟲秋旱金失穰習習融風玉空壄愁來長嘯祇自喟獨詠新詩苦難繼觀復道人吾所敬蔭軒自號觀復道人阿蘭那行佛之諦君題齋榜曰樂阿蘭那行懕懕淨土留一燈倏忽風輪轉千偈由來忠孝根性情匪獨詩書資獻替秋林無人渺萬象妙句橫空入超詣張君作圖意蕭瑟尹子題詩語淒厲謂杏農驊騮俯仰屬車前猿鳥

徲徥水雲裔一官進退計甚便萬頃蒼茫用誰濟水西煙柳綠成海君所居在運河西鄧尉梅花舟可枻它時再寫覓句圖添箇白頭老漁弟

題潘伯寅侍郎渝關望海圖

朝辭天北斗暮看海東霞龍輔司空節雞棲使者車君以單車就道環瀛隨地窄古驛控山斜奇絶張融賦應知勝木華

勃碣關山壯營平道路難誰言船算事又設水衡官時浙改監督爲海關道戰伐今藏甲功名老伏鞍鳴笳無限意送客

過盧濡濡師古音乃官反當入此韻即灤水也

庚午

題瑛蘭坡中丞榮藏懷仁集書聖教未斷本

墨花膩帶古苔痕切眼珠光未易論何事良常矜斷本近來惜抱有名言姬傳謂集書多兩字湊成者證以正曠二字皆右軍家諱而此不避並論大唐三藏標題之謬皈依七佛時開卷寂寞孤雲晝閉門猶喜春燈照顏色一鐙閒過海王村時中丞罷陝撫職閒居余與之素未識面中丞好於廠肆搜羅書帖故及之

題宋搨汝刻十卷一册瑛中丞藏

潭絳臨江外歸然此刻真古香南宋搨殘字北齊人第八卷齊獎遜書遜字此搨尚可辨乃北齊樊孝謙也今所行僞絳星鳳樓諸帖誤作南齊樊退乃從泐後汝刻摹

耳出官本藏書髓衎齋賸石鱗汝石殘碎者　國初辟邪在分守河南道署中

天祿字瑣屑漫重陳帖內宗資石獸四字乃州輔墓前石刻

我家蕩陰本七世祖蓼野公得古搨汝刻於湯陰傳爲世寶庚申江南亂後失之銷盡劫

餘灰城郭猶全改鐵廚忍再開漁梁久塵土帖有巴慰祖小印巴漁梁人也蟫藻亦蒿萊此本舊藏新安汪氏蟫藻閣誰寫逋仙象無端易

畫來葉東卿嘗以宋人畫林逋象易得汝帖前四卷

醇邸示近作次韻三首

客路曾經勒碣東上書無策負深衷藁街置邸今通款

鐵軸摧輪夙著功謂己未年戰事破敵固應資利器人謀終可

奪天工畫圖未敢輕傳播鄭重然犀一炬紅水雷

鳳城春動玉河源下直歸來自閉門懷刺不妨名士傲
曳裾誰說布衣尊破除俗例知真契傳寫新詩過格言
若使文侯還命駕故應干木早踰垣上齋相約不賀年有詩紀事
我愛山谷句寒香發無時山礬與梅花遜此天人姿一
笑大江橫妙語偶得之山谷水仙詩語蓬萊不可到孤負瑤臺
期揭來京國春花事常苦遲憔悴盆罌中根葉紛離披
浮浮日華煦盎盎水氣滋宛宛擢孤穎龍龍吐芳蕤窘
花爛似錦收掇肯見遺惜哉歲寒心耿獨空自知陽和
萬衆卉大造豈有私孰云空谷香祗與騷人宜睠彼炎
海植竟向青瑣移賢王夙悟道示我寒花詩澹語寫幽

致意恐居高危出入白蘇閒直令讀者疑微生等草木

衰鬢已若斯每於鼎象初取戒六四頤一花何足道庶

彙須護持冬旱麥苗病一漑儻可醫 水仙花

題伯寅藏瘞鶴銘精搨本 華亭華字露大半裹字藏乎字皆有

多事良常寫作圖較量分寸失名姝江潮洗出碑趺字

自古文人考證疎

殘畫封䕺古墓邊蕭梁碑錄漫重編 莫子偲近輯梁碑錄 誰能沈

石空江底留與中泠證墨緣

蜃氣連雲草樹深此山無地瘞仙禽裹氈責墨尋僧話

銷盡江南獨客心 余於戊辰冬泊舟焦麓風景殊異江山淒然

題亡室湯夫人畫冊

語苦詩難盡，愁長夢轉稀。鐺殘煎過藥，篋黯嫁時衣。會合知前定，分張感昔非。臨終留一偈，了了豈禪機。臨終握余手曰：爲臣當忠，爲子當孝。

竟死嗟何益，浮生祗自憐。營齋誰是佛，卜墓又無田。孫解瞻遺挂，姬能剪紙錢。老夫歸直晚，展畫一潸然。

次韻題醇邸小像

亮直端嚴大體持，萬民所賴四方維。殊恩久已隆三錫，累跡猶聞儆十思。試展畫圖知有志，等閒詩句亦無欺。俗工豈識丹青妙，曾向麒麟閣上移。

從來德業貴操持抑抑常嚴禮義維學到反求方是學
思如不合且深思先朝彝訓求無忝入告嘉謨矢勿欺
更願賢王調玉體憂時容鬢已潛移

題桂侍郎曉行圖便面

十年琠橐老征途手數青錢付酒壚記得霸州城下路。
擔夫同宿夜呼盧（嘗于役文安、霸州逆旅略如圖中景象）
關吏譏訶問姓名開門何止待雞鳴畫師慣寫承平景
野店山橋自在行
早行詩句知無數唐宋于今幾輩傳只有曉風殘月曲
教人腸斷柳屯田

駝褐輕韉逐暗塵東華門外往來頻紅紗籠燭趨朝客
爭及村墟趁曉人

題張子岡印譜璲南京人事母至孝

寸銅鬱龍虎筆勢故蒼然直溯卅五舉挽回三百年心
情哀郢減指集中鴻嗷諸作詩夢過江圓誰著涪溪頌躊躇未
忍鐫
丁敬身陳曼生黃小松趙次閑鄧石如各擅畫書詩一落印人傳千
秋俗子疑先生古曾閱餘事學冰斯漂泊儀徵老滄江
寄夢思江南善篆刻者吳讓之

辛未

策馬獨遊花之寺看海棠

朝回日日西山暮火急尋春春已殘裝點不成泥塑像短衣飛鞚太無端

乾嘉以後詞流盡莫問城南掌故花詞流百輩花間盡此是宣南掌故花近人龔璱人海棠詩也賸有老舲詩句在斷縑殘字補窗紗

湛然清絕頴沙彌眉宇中含一段奇乞與天龍瓶鉢水要渠洗盡海棠詩

題陸淶文藏汪退谷縮臨褚聖教序

閒窗一灑三千字中有吳天風雨聲款署康熙四十四年五月雨窗傀煞京華塵土面竟紆青綬老承明

豐筋多力攫秋鷹此是先生獨擅能眼角不曾留海岳故應低看趙吳興（自跋謂僅到鷗波）

吳龔憔悴老還貧偈語題辭句法新（謂吾友儒卿）一事後來資考證破山寺裏讀書人（吳跋謂松南曾與汪杜林家迂伯公邵味閒讀書破山寺）

中

題汪杜林先生金書普門品經冊（吾邑邵震亨藏）

云何是佛佛親兄弟（冊尾爲二親百齡之健兄弟安樂）妙吉祥花萬種歡喜云何見佛心上著力念念勿疑處處踏實海潮發聲虞山出雲瓔珞寶珠回旋氤氳歸哉歸哉佛說如是

六街飛蓋真閒事耳（先生登第紀恩詩有六街飛蓋渾閒事十里看山好畫圖之句）

同友人遊一粟園因贈

一粟園中泛玉巵棠梨初放柳眠時同依舜陛趨朝早爲講豳風退直遲青瑣已分新舊雨蒼松宜長子孫枝而今海鶴精神健說與鵷鸞總不知

送龐雲槎孝廉南歸

久別語音在相看毛髮同茶甌吳市月官燭縣庭風往事猶堪說新詩豈必工聊將白團扇送子過江東

再次蔭軒韻

落落吾徒事風期夙昔同成書推薛子朝論惜溫公謂艮
峯相國歲月崢嶸去湖山想像中自憐新卜築翻近鳳城

東

風雨何時已漂揺未有家浩歌腸轉轂默坐鬢成華棧

馬猶騰軑江鷗漫狎霞香羅與細葛捧出路人誇

飲桂廉舫侍郎所口占

不堪衰鬢已蕭蕭手把芙蓉賦大招側著接䍠歸去晚

疎星斜月玉河橋

次韻潘伯寅阻雨東華門酒家

自笑鴟夷託屬車酒人伍伯漫相於低顔慣對屠牛案

照眼驚看舞鳳書伯寅奉敕重排星鳳樓帖徐孺居然懸一榻陶

公到處愛吾廬不妨同醉仁和肆換卻腰間金佩魚

伯寅賃酒家屋同居次前韻

朝回日日阻輕車喧雜軒窗衆所於小吏漫欺曹相國
鄰人解愛畢尚書偶談天寶中年事頓憶澄懷舊直廬
闌道蒿萊侵浴殿更無人問玉泉魚

太息

太息頻占鬼一車無根白舌故於於微闇弱水三千界
亦效單于尺二書象譯又開新市舶賈胡占盡好田廬
韓公老去雄心戢只有文章告鱷魚

題張松坪瀟湘夢遊圖

洞庭浮空大圓鏡九疑劃天劍鋩淨山川靈氣在塵寰

魚鳥幽人同一性岳州太守賢大夫吏才詩筆當今無
世人驚歎石門頌君藏宋搨石門頌不知乃有瀟湘圖瀟湘之
圖紀夢作二十年前一邱壑珠幢玉節主恩新斑竹若
花故人約江山隨君入扁舟在在處處皆昔遊醉中客
爲說天姥前生我亦來杭州虛堂涼氣砭秋骨倦眼題
詩字恍惚夜來日日尚湖濱明朝還趁觚稜月

壬申

題錢春臺翁遺照

吳越之孫千波萬瀾世挺偉才捍災禦難翁生海壖雄
武稱冠雕弧一彀革札雙毋遂登右科洊擢邦翰位不

副才初服乃換儀昔先公退居里閈蕭條雀羅日午未爨翁來叩門樂飲衎衎幅巾森然突兀修幹口如河流目電旁爛紅橋之南窈窕别館象棊六博二八侍宴余時童嬉亦嘗窺觀削瓜導米餉我玉饌古歡已矣耆舊雨散遺容火色猶照赤岸翁乎歸來余言豈謾

癸酉

昨遊靈巖風雨尋韓蘄王墓碑歸寫一圖并題其後

山鳥不啼野花如睡灑淚捫碑何人理會

次公屬題費廉卿寶康笠澤漁隱圖

我非散人敢說三泖矮篷短棹避彼魚鳥
三泖之東蛟龍所宮我不能取我心忡忡
江君之詩蝯叟之辭我心所儀緊豈我私

題十老圖爲陶君成棟

明明上天赫其鑒臨爰有斗極分陽育陰方士術者用
以祈福君子事之旦明齋遨昔我曾祖孝思格帝親呻
在牀兒孌厥臂神之降兮穆乎沛哉九枝明滅八囪闔
開（先曾祖贊庵府君以親疾禱於北斗得異夢封臂以進）親疾既起世世奉祀弗
懈益虔以洎小子嗚呼明神緊豈我私惟忠惟孝天實
右之釜山之南有閣岧嶤穹龜長魚百靈翊朝是曰紫

宮璇璣之府恍惚有象冲虛無所誰實建之蒼溪金翁
管丁陶汪吳何是同乾隆初元海內無事怡怡十老講
道論志惟茲性真萬途一源雖十其形不二其言良工
寫圖須眉甚古白鶴青松若喜若舞十老之心充於六
虛下極無竟上通帝樞滄江倒流百族波靡圖失復歸
閣亦重峙敬告邑子式是前賢新閣不朽斯圖永傳

附節錄陶君成棟函　里中有斗姥閣乾隆時傾圮金蒼溪先生等十人醵資重建名曰西竺道院時集院中修身論道並繪十老圖以勉後人圖經兵燹失而復得今院中猶年年懸之以祭　十老者丁昇級管爾尊陶堯吉堯天金惠聲赤城汪殿掄吳東瀛何甘白金蒼溪也蒼溪名照字魯軒圖其所繪

題趙次侯藏石谷畫幀後

清秋落葉言訪趙子叩門入室繙弄圖史次公語我有石谷畫一十二幀合南北派我時驚歎誇爲絶獨次公中㤞示我六軸平生談畫麓臺是宗石谷過密漁山太濃然於石谷固當別論晚年自運老筆最健或疑此畫是蔡是楊我曰不然中有古光春江掀天萬檣如馬京口一閣與波上下是時耕煙年八十三心騰千古眼空江南筆勢所向紙墨不受煙雲吐吞水石奔走古春之堂素壁如雪一幅已滿何況重疊次公藏之同龢題之客有疑者來觀此辭

徐月槎挽詩代五兄作

陰德由來不近名況兼才氣極縱橫力持公論羣疑剖
散盡私財善舉成華髮人呼鄉祭酒皈心日禮古先生
泊然一逝無多囑早有文壇雛鳳鳴

廿年蹤迹似萍蓬投老相逢里巷中辯口未輸當日健
酡顏還較昔時紅烹羊剛赴高齋約賦鵩俄驚客座空
短景寒冰正悽惻那堪鄰笛倚西風

甲戌

爲姚湘漁題白雲圖敬次　先公原題韻時將北
行

子出當夕歸親心一日思親今捨子去思子安有期嗚
呼天地恩乃與歲月馳誠薄感召淺夢寐豈見之伊昔
侍御君邦人夙所儀作圖寄哀慕實與令名貽可憐城
南居綠苔淒空闌惟餘白髮弟考槃猶在茲卅年一彈
指死喪亦孔威相逢共汍瀾緊豈朋友私示我白雲圖
不忍綴一辭白雲在何處已矣鮮民悲
墓廬對空山慘切無所思卻憾墓下人苦同行役期孱
軀迫多難焉能任驅馳庶幾守一壑日夕維縶之青松
不成行雜樹未有儀手書三千字永作先言貽以墓下事付兄子曾棨
昔我先君子棄官奉慈闈麻鞋血重趼始得卜宅

姦中更喪亂苦頗遭兵燹威風雷護高冢山神赫赫無私
野花與啼鳥憐我别墓辭别墓猶得歸思親無窮悲

贈吳儒卿鴻綸時余將入都

故人惜遠别索我一幅書我書雖不工點畫頗有餘重
是故人意抽毫復躊躇墨池忽放光照我眉與鬚天地
久衰颯僇容亦瞿瞿嗟我四十五髮白已蕭疎卻更三
數年豈不委壑渠恐傷故人心對書長欷歔還君白雪
牋鄭重當何如
我衰不足陳子老亦可唁頹然一龔翁顏色爲我變勸
我及秋行要得數相見嗚呼遊子心一日幾回旋裝我

篋中書書斷不成卷檢我篋中衣衣綻誰與綫日月固有時哀哉亦既練平生輕別離有淚常默噤惟有告墓辭百靈共悽戀

次韻贈吳雅庭先生　錫濚

蓬藋荒扉日暮投江村無事繫扁舟人來盡問侯芭字老去翻持卜式籌有子聲名期幼鳳寓公身世等浮鷗莫邪城畔煙波冷猶喜虹光照海陬

常州道中用東坡元日宿丹陽韻寄惲晼香

十年結契重朱陳傾蓋河梁覿面新數語便傾湖海氣一杯且泛洞庭春君如老鶴猶能舞我歎枯魚已不辰

獨恨過江風太急會稽誓墓又何人

菊影奉勅作

底事繁花錦繡稠一枝瘦影倍清幽無言更覺秋容淡有韻還疑露氣浮細瓣扶疏鐙下出重臺穠豔鏡中留孤芳晚節真高逸端合良金寫象求

送吉卿姪之官浙江

送汝江南去悄然思昔遊夜鐙讀書館秋榻見山樓仙李根何在姪與余皆從李師遊師久下世今無後青桐花已休謂敍卿姪桐花館其集名也惟餘閒竹石猶有舊風流

十載依親舍三升壓帝庭國恩詢魏笏家學重韋經班

馬同時發（兄莅楚任姪獨南行）征鴻各自聽莫言違定省江暖好

揚舲

題潘伯寅萬柳堂補柳圖

平橋流水古城隅廉相園林迹已蕪不信此堂真萬柳

且看我輩第三圖（朱野雲有訪柳補柳二圖）朱陳修禊頻來往翁阮

題詩今有無最憶蕭山觴客處短轅輕杖路人扶（己酉春夏屢陪湯文端公游讌於此）

長條斫後換新枝要插樊籬好護持萬事盡如栽柳法

一官難得看花時（君方左降再入翰林）琴樽小集人還健裘帽來

遊我已遲不用張羅且沈醉問誰能解鄭盦詩

楊協卿母夫人壽詩

鄴侯里第舊書倉（謂致堂年丈）玉鏡珠閒盡弃藏四海競稱楊氏本一家不載越中裝即今史筆傳家學行見孫枝播國香愧我往還頻倚棹未遑親拜絳紗堂

織具氈衣用意新黨紆金印定名臣深慈久已孚三鄙餘力猶能活萬人鶴髮松身千佛頌帝鄉臣里一時春時恭遇甯宮慶節慈懸知九秩稱觥日定有恩言下玉宸

甯壽宮賜宴恭紀次潘侍郎韻

未央東畔景雲臺天子親扶玉輦來口敕作宣丞相入於階前召對樞臣牙籤未許舍人催清歌妙舞同民樂火樹銀

花徧地開獨有臣門恩最渥聯裾分得　御香回臣兄同爵同時入坐

附五兄作

西廊坐處接南臺與副憲童薇研接席彷彿鈞天入夢來

温室已吹葭管動三日皆極暖雪途未覺簡書催華鐙

錯采鼇山湧宮扇分班雉尾開願與宣揚　仁孝

治不徒同賦紫雲回

題明人寫經寄鹿卿姪

薄海同瞻大藏經法王龍樹竟凋零雲中金臂何曾現

世上酡顔喚未醒

黄花開後雁南飛一棹江南客又歸五兄莅任曾純還家只有東
華老居士冒寒持燭檢朝衣
柏古軒中柏子禪問渠信行可清堅炬風刃蜜銷除易
回向心光須十年
休將慧解證前因捏眼生花未是真佛法本來天樣大
强修公據爾何人
説了中乘説下乘散堂我是打包僧明知苦語多饒舌
要使人開有一鐙
金城圖廣紹彭總憲

屬題
康熙丙子高郵被水州牧金君晝夜禦水城得

以完一時題者皆名人

南臺使星照東井十日句留侍禁省（總憲方奉使入蜀）臨行示我一大圖中有波濤聲萬頃作圖者誰金大夫築城捍水忘其軀吏民并命蛟龍避儀觀長留名字無康熙初元河患始鑾輅巡方親蒞止微禹疇成萬世功當堯亦有頻年水是時治河推靳公中河創論才力雄惜哉高堰東西決竟使淮流南北通淮流本有淘沙力爭奈黃流日相逼藉使重堤果築完誰云清口無淤塞（丙子乃三十六年靳公之沒久矣此不過推本言之耳）一從倒塘輓運艱洪湖呑吐荆塗山并將三十六陂水蓄入淮揚徐府閘近來羣公習河

事曾馬張丁互諮議三策平生笑腐儒一言深契欽賢

吏（余嘗過馬端敏公於寶應湖畔公言治黃必先導淮）嗟余屢躡過江舟獨客難

爲借箸籌閒吟覺社隄邊月冷嘯淮陰市上秋披圖不

覺驚心魄況有遺詩珍手澤西舫淒涼池館荒北邙迢

遞雲山隔（卷有先公題詩辛卯作於澄懷直廬）南臺直節古名卿鄭重

題詩爲贈行風塵才俊知多少要使輶軒達姓名

題徐蔭軒前輩（桐）松風水月小照

朝衫只作衲衣看靜裏渾忘宇宙寬賈傅文章長歎息

龐公兒女大團欒賣田施藥真廉吏退直鈔書好長官

斂盡神鋒全不用果然人世有龍（鸞）

一笑前言恐未真朝朝紫陌輾香塵可憐弄月吟風客
還作抱泥帶水人同異兩忘須正覺君最愛同不詭俗異不傷物二語
榮枯遍歷亦前因仙書題牓非無意齋中清風明月四大字仙人所貽也
要使清時早乞身

齋集南書房見盆梅一枝紅白雜花伯寅曰向來
白花也有詩紀之次韻

璅窗北望殿帷緇秉筆詞臣痛不支絕筆俄驚秋影句今年九月被召賦菊影殘魂忍對歲寒姿縞衣偶爾來三宿血淚
無端集一枝憐爾孤根太枯槁問誰還向玉階移

再和伯寅盆梅變紅韻

有何心緒賦梅花棐几甆盆一歎嗟凡卉尚知根有血
浮生敢惜鬢成華忽驚繡葆參仙袂已誤金丹作玉砂
千古詠花無此例白衣來過賣漿家伯寅齋居借東華門酒店

和伯寅虓字韻

玉几驚承被冕旒千艱萬阨一時休微軀甘作蘭亭殉
清血徒憑杜宇流饋奠已更猶似夢上書無術敢言愁
麻鞵風雪橋山路早有神光燭帝邱時奉命相度山陵

次韻鄭盦

上陽宮裏白頭人眼見宮花日日新野老不知天寶事
錯疑宮怨是傷春

回首觚稜咫尺天每聞鐘鼓一潸然可憐香案持書吏
已似昌門解纜船

瓶廬詩稿卷一

瓶廬詩稿卷二

目錄

盤山行宫爲　宣廟三十年中所未至敬紀是詩

登盤山

雲罩寺

邦均旅舍和留詩韻

和還字韻四首

塗次口占和韻

次韻段家嶺茅舍小憩

由土道入東便門送詩者久候於定福莊次韻奉

答

次韻醇邸示詩

定福莊

寶店題壁用已未使還韻

次韻度盧溝

次韻望大防山

次韻涿鹿懷古

次韻保清寺

次韻桓侯故里

次韻易州道中

次韻荆軻山

次韻醇邸梁格莊　行宫志哀詩二首

次韻醇邸登華蓋山志感

次韻醇邸登山紀事

和詩肫摯次韻再答

述舊事再疊前韻

次韻僧房對雨

度地過大紅門前敬賦

歸自九龍峪疊皋字韻

大龍華村在犨山中村北一阜草木獨秀其巔有小廟俯視官道車馬纍纍然仍疊皋字韻

五公山在西陵青椿内雍正年中嘗立碣今居民

盧溝旅次醇邸示詩次韻奉答

偕榮侍郎步月橋上次醇邸韻

題白雲觀劉老人像

題高麗金秋史畫

上巳出都醇邸有詩謹次其韻

次韻八里橋感賦

次韻薊州遇雨

薊州旅舍次韻再答

次韻壕門書感

惠陵吉祥花次醇邸韻二首

吉祥花和華峯韻

次韻華峯上巳出都有作

次韻華峯中途遇雨

次韻華峯寫齋即事

奉賀華峯得子次醇邸韻

次韻上醇邸

次韻簡園雜詠

三月十日瞻仰　定陵規制於殿前伏謁微雨泣

然泣賦一首次醇邸韻

山中感懷用守默庵偶成韻

山居養痾用簡園即事韻

福泉寺溫泉行恭和　聖祖御製詩韻

次韻醇邸見示之作

次韻醇邸蕉花圖

題蔣文肅得甲圖卷

題石谷長江萬里圖卷匣端

題張天瓶金書普門品經册用册中楊幼雲詩韻

文炳駿圖爲醇邸賦

櫻扇爲醇邸賦

次韻題潘星齋丈庚戌闈中畫蘭

題星齋丈山水冊敬書　先公辛酉題詩後

七月廿八日煙郊旅次苦熱露坐馬矙旁越八日復宿此涼雨泫然矣

爲榮侍郎題焦山僧芥航畫竹

有感

十一月八日承　命偕魁尚書榮侍郎伐石於房山之大石嵎醇邸由易州來會是日大雪聯巒山谷中霽色既吐玉龍璀然周視畢邸留飲材官金如鑑圖之而余題詩其側

房山大石嵎五首次同人韻

瓶廬詩稿卷二目錄

瓶廬詩稿卷二

常熟　翁同龢　叔平

乙亥

夏旬早發

烽火頻年少府虛漢廷將作竟何如南山斮絮尋常語或者名卿已上書

黯黯春寒逼短檠破窗孤坐有餘清馬奚走卒休嘲笑此是江東老步兵

雄文敢與韓碑抗小說猶傳雜組奇畢竟段家人物盛我來山店卯牛時

邦均野寺

嚴程方慘戚小憩得幽閒牧馬古荒壘寺後有弘治□年碣刻曰草場北至盤龍大隱山賣花供佛笑鑿石憫僧頑撲盡一襟土猶餘血淚斑

野寺盆梅盛開淒然有作次伯寅韻

此是江南第一花相逢野寺漫長嗟未成六祖菩提樹浪說仙人萼綠華鐵骨已經磨歲月玉顏終恐涴塵沙

東坡廿首多諧隱豈憶孤山處士家

奉　詔相度山陵至馬蘭峪和詒晉齋雪獵舊韻

應醇邸教

風雪四山迷橋陵萬木低神光騰玉頂名山天意護金泥

父老餘嗟痛孤臣自慘凄麻鞵重趼血奚恤逐輪蹄

次韻奉題醇邸守默庵

松竹影交迷團焦不厭低商量栽樹法檢點蒔花泥山

月窺窗白霜風入戶凄僩園邸自題園名真太僩久矣棄筌

蹄

次韻月夜登馬蘭峪城一

荒草戍樓迷山城粉堞低壯哉萬家縣蕞爾一丸泥古

鐵經沙蝕征裘怯露凄何當築馳道直下試輕蹄城無馬路

故云

正月二十日

皇上御極天象昭融恭紀一律

旭日初騰曉漏催山呼遥獻萬年杯虹光合紀堯門瑞日角曾瞻代邸來二聖憂勤求上理一時康濟賴羣才周南留滞臣心慰敢羡鵷鸞接翼陪

次韻山亭小坐

嚴城鐘鼓晚頻催落日登臨一舉杯獨樹静依僧舍古萬山濃拱帝邱來長卿敢説淩雲氣梁苑羞稱賦雪才明日早晴還小獵皁旗青蓋共追陪

次韻東魁華峯總憲

蕭條鐙火歲華催無復心情託酒杯苦語慰君雛鳳去（君去歲失子）好詩遲我續貂來虛襟自養和平福真壁能收幹濟才（甲戌典春官試）儻欲三茅尋舊約願攜笻屐強躋陪（東南有茅山其道士號紫霞者與君習）

次韻簡榮仲華侍郎

十手如流羽檄催將軍瀟灑自銜杯獨承父祖忠貞後盡攬東南秀氣來一語見心真國士六曹無地展奇才白頭橐筆吾衰甚怊悵行軺得暫陪

次韻醇邸和作

騶騎傳呼僕隸催新篇捧到客停杯果然大呂黃鐘奏

歷倒唐賢宋傑來悱惻動人皆至性陶鎔無迹是詩才
白頭舊史慚何用一一齊竽許濫陪

行松林中淒然有邱壟之感歸述是詩

一慟孤兒百病催忍持阿母手中杯漆園早悟無何有
彭澤終思歸去來手種松杉皆血淚老依邱壟本庸才
年年寒食天涯路麥飯椒漿若個陪

次韻醇邸度地雙山峪

太行勃碣隔千程中有雲峯次第生王氣遠從龍背下
（蒼龍背在昌瑞山後）靈山久錫鳳臺名六陵端拱陰陽會雙峪分
趨局勢平最是泉流交匯處纓巖帶壑一溪明

由雙山峪策騎徧歷長梁子侯家山

玉驄緩鞚趁歸程但覺衣雲冉冉生礙路低枝如有意避人啼鳥不知名眼光到處山俱活胸次寬時石亦平願得古書相講析郭經卜賦未分明（堪輿家言多立同異惟取象於易者得陰陽之原）

再往成子峪閱視誌綫丈尺

王事駪征信有程踈慵自愧老儒生三年久已甘樵牧再至猶勞問姓名（守吏有詢余名字者）醉後短笻殊覺健病餘詩筆亦嫌平昨宵淒絕鈞天夢儻有金鎞刮目明（夢在經帷之側醒而大慟）

奉和醇邸簡園小坐

瀾翻浪激百篇催慚愧坳堂水一杯滿幅煙雲題字溼漫山松栝送詩來遺弓同抱人天痛是日殯殿須遺念聽鼓猶思將帥才極目渝關青不斷六邊形勢帝京陪示詩有對山能起籌邊志之語

華峯示詩次韻奉答

詩律精嚴道味充斷輪端讓老宗工傷心屢奉山陵使定陵工程君在事最久今奉　命相度吉壤大度能容宰相風御史大夫漢之副相舊事淒涼悲石馬頻年來往類賓鴻誰知緩帶輕裘客治劇能收第一功君任熱河都統時盜風頗戢

華峯將有夢熊之占詩以頌之

門閭喜氣一時充好語非徒頌禱工自古晩成多國器本來清德是家風雄談快聽遼東鶴（昨談奉使高麗事）佳訊應傳塞上鴻我與虎兒鑴小印它年翰墨奏奇功

次韻龍攫樹

豫章挺秀中規程鐵幹輪囷拔地生一震遂成孤立勢十圍空被散材名即今蜺骨根猶活畢竟攀髯憾未平且與削爲高士枕自吟風雨到天明（雷擊木製符可壓蜚鳥又以製枕當

遇神仙

再和

日馭才紆頃刻程風雷頓自四山生神功一擊原無意古木千年竟得名震蕩餘威崖石裂護持元氣陣雲平小詩賦物應多味更有朱符照夜明（許斲木爲符分贈）

次韻醇邸留别簡園

征轓已駕僕夫催且酌村醪盡一杯盤谷未容招隱去簡園何日看花來輕陰釀雪如留客飛鳥依人解愛才安得此身成石馬隧門松檟永相陪

瀕行復次前韻奉答

薄雪淒風街鼓催摩挱神劍引深杯（案有雷木劍）虛衷每溯師承切儉德親聆聖訓來（述上書房舊事因敬誦宣廟晚年憂勤恭儉之德聞）

者悚然至於流涕坐覺清談皆故實耶論餘事亦雄才夜分欲
和瓊瑤什惆悵真無健筆陪

賈生憔悴百憂催董子辛勤著玉杯人物不居三代下
本原多自六經來即今流俗空疎學豈有文章著作才
獎借過情徒悚息通儒末席未容陪

積雪發馬蘭峪

黃竹歌殘八駿催瑤池忽擧夜光杯滔滔銀海排空立
片片仙雲下嶺來幻作萬花皆妙相鑄成一鏡大奇才
賦詩破盡歐蘇體白戰猶能赤手陪

午炊馬伸橋土室醇邸送詩走筆奉和

車鈴揺夢客程催禦冷聊呼濁酒杯一騎送詩殘雪裏
雙扉如墨朶雲來古懷悲壯真超俗細律精嚴不露才
薄暮薊州城外路幅巾芒屩儻追陪

次韻醇邸興隆口雪後馬上作

靈山未欲顯奇觀一夜飛花路渺漫原詩語意如此白戰破空
千古妙縞衣灑淚萬人看天留喬木非無意世有焦桐
莫再彈便擬乞身湖海去墓田丙舍久荒寒

旅舍題壁

百代光陰作是觀浮生祗覺路漫漫未須俗眼籠紗寵
儻遇知心秉燭看有客不妨杯共舉無家何事鋏頻彈

燎衣向火吾方適多少行人正苦寒

夜次邦均知醇邸待於薊州次韻奉簡

莫將一語信旁觀咫尺能教隔渺漫野老不知龍節貴路人祗覓馬蹄看山程聯轡成虛約世局如棊每誤彈遥想漁陽高館裏鐙花落盡酒杯寒

盤山行宫爲　宣廟三十年中所未至敬紀是詩

先皇儉德屏遊觀行殿荒蕪趕路漫夙志願同天下樂詒謀留與後人看花迎玉輦何曾笑松入薰琴總未彈山莊松最多我似白頭老宫監每談遺事不勝寒

登盤山

松是奇蹤石大觀松容石氣兩迷漫人言雲海黃山勝我作天平鄧尉看（天平山萬石皆立）蜕甲虬龍隨地活應聲琴筑一時彈狂遊不覺衣裘薄來趁長風雪後寒

雲罩寺

小憩偷閒半日程鶩奇輕險是平生低顏莫問幽人宅（近人李季雲隱居山麓）絕頂聊題漫士名十八盤中仙骨瘦三千年後佛牙平（寺有石晉時佛牙）唐碑遼碣尋常有可惜圖經未著明

邦均旅舍和留詩韻

探幽未免恣奇觀忘却前宵雪淼漫便道尋山原不禁

好詩留壁要重看歧途一誤成參錯高曲頻賡互叩彈領略愛奇言外意再來遊客愼衡寒

和還字韻四首

落日少林寺山僧催客還送詩軍吏喜洗硯僕夫閒合眼夢仍續嘔心句已删回環十年事枕淚自潺潺

風馭渺仙山崦嵫日不還無巢鳥夜泣失路馬長閒鉛槧殘年送觚棱舊事删空階雪銷後猶認漏聲潺

南徼何多事西師尚未還問天千語壯許國一身閒朝報和詩讀官書當例删薊州志盤勝盤刹二門最繁冘門前嗚咽水底事響潺潺

西望更無山平原振策還倦游知疾減高臥得詩閒意

得天真愜情長禮數刪朱門有成例同聽雨潺潺晉詒齋主人每與文士讌集聽雨屋其藏書處也

塗次口占和韻

邦軍形勢路交馳東瞰渝關旭日曦有路赴山海關今日草場

成佛地也鳴鐘鼓犨旌旗邦軍鎮外小寺後有石碣蓋明時草場

錯河橋下碧連空都在泃泇瀠漾中莫泥水經古時注

任他流過鋏城東泃泇舊說不一近人有以英城證鋏城者未敢信也

次韻段家嶺茅舍小憩

吾家亦有逍遙谷粗具葵藙與菜羹雨後種松雙屐滑

門前放鴨一舟橫書如亂石紛披壘心比重湖浩蕩平
却向天涯一棖觸江南何處是歸程
由土道入東便門送詩者久候於定福莊次韻奉
答
驛程頻駐馬傳語託飛禽野鹿尋無迹春雲覆有陰祇
宜儕應阮豈合比高岑腹痛回車處誰知念舊心有弔文忠毅墓詩
次韻醇邸示詩
真極汪洋浩渺觀一蠡難測海瀰漫誰知東閣新詩句
尚作西清舊侶看絲筆已枯無復夢孤琴雖和不成彈

願將吐握殷勤意搜盡人間白屋寒

定福莊

春氣已萎迷春風拂面低盪開松頂雪吹活草心泥天地終來復河山太愴淒城西有馳道鬧却玉花蹄

竇店題壁用已未使還韻

十七年來事回環思若何幾番營兆域一慟別鑾坡身世吾無戀君親念尚多餘生宿孤館血淚已成河

次韻度盧溝

再入都門百病侵眼明又到水雲潯流澌未解分清濁曉月無端別古今翠蓋雲旓渾似夢詩篇酒醆亦何心

垂楊自有千行淚漫作飛花點客襟

次韻望大防山

雲臺峯下菊花天往事淒涼十七年琴破已成三世夢鶴飛難結再來緣嘗訪雲鶴道人於雲臺峯法華洞古遺經祕小西天有隋人寫經竿木封高秩祀延金代圓陵皆在山麓敢是好山忘不得道人勤護伏龍泉

次韻涿鹿懷古

阪泉一役帝功成千古傳疑葝定評戰且學仙書有閒弱而能語聖兼明未聞東極摧銅柱或者南車肇玉衡且向靈皋一長嘯搢紳久已莫能名

次韻保清寺

禪門欲叩竟無因舉世滔滔孰問津寺在涿州南門外安得慈悲智慧佛化爲百萬億千身爝煌未息長征卒淮海猶多蕩析人試向藥師來問訊可能世界等微塵

次韻桓侯故里

古木森梢碧殿傾行人尚避故侯名神旗入戶羣鴉噪鐵槊當年萬馬驚井里漫傳屠坦迹山川不受錦衣榮樓桑一例皆蕪沒涿水東流空復情

次韻易州道中

五回山色似相招二易迴環去路遥地近神皋春氣早

人多奇傑酒懷驕試看來往詩千首誰寫荒寒水一條
七字果然推絶唱至今風力尚蕭蕭原詩中語

次韻荆軻山

燕都南北三千里況有屏藩趙在前既得客卿精劍術
故應上將屬兵權一時決策皆成錯數語登車絶可憐
衍水竟誅遼薊拔諸臣何以塞前愆
一語應爲客解嘲酒人燕市本無聊白衣祖道謀先洩
翠袖當歌氣已消駿馬不留千里骨虎狼終輟九賓朝
博浪狙擊終何用底事無人議圯橋

次韻酹邸梁格莊　行宮志哀詩二首

下馬重瞻寶相樓長號難釋古今愁頻呼宮監除蒿蔚
親與祠官補櫝楸日月不居成永慕君親無忝即嘉謀
獨憐饋奠循常式未抵田家麥飯儔
依然王粲賦登樓不獨張衡詠四愁啞啞啼烏辭故樹
垂垂病馬踏長楸叫天空有重霄戀誓墓曾無一鍪謀
默數鬢絲長歎息雞鳴風雨若爲儔

次韻醇邸登華蓋山志感

新詩彌和亦彌高況有心情陟岵勞列聖陵前初伏謁
萬山頂上一號咷草經宿露方含淚松入悲風強作濤
昨歲巡行曾夾輦弱齡娛侍憶斟醪詩注言七歲即隨駕西謁韶

華往矣真如夢山色依然靜不囂妙悟每從超曠得登
臨終是性情豪奇花嘉果頻頻賜嶮韻長篇字字牢顧
我九能無一可自磨殘墨點枯毫

次韻醇邸登山紀事

一聲清響鶴鳴皐再駕鑾還同策六鼇華蓋本非凡境擬
雄篇始顯此山高每當絕險攀蘿葛不覺悲吟感蔚蒿
野老猜疑樵子笑前驅犇走從官勞忍饑揮手寬還恕
小坐科頭健更豪渺矣坡仙詩興遠陋哉莊叟足音逃
勝遊未免貪奇奧深意原知戒怠敖更願賢王珍玉體
我詩豈等鬱輪袍

和詩脃摯次韻再答

風馬雲車下九皋恍疑劍佩侍金鼇孤忠莫罄臣心苦
清夢還依帝座高危坐觀空聞梵唄端居深念掩蓬蒿
偶然發興來乘險亦使登臨藉習勞豈謂溯將韋佩意來詩述朱文端相國書齋規切之語頓教斂盡筆鋒豪古來賢傑無成見
不似拘墟有託逃舉足必嚴宗樂正竦身高步笑盧敖
和詩蹇澀知荒落立馬門前愧自袍

述舊事再疊前韻

九龍山下舊神皋曾見連車引石鼇伐鼓曉催村舍起
種松春傍隧門高乙卯丙辰間先公督役山中觮嘗侍焉天家歲月更黃

莢臣里風霜感雖萬一慟殘魂嗟已斷重來王事敢言
勞觀河自覺容顏改閉戶休矜膂力豪耿耿且明期不
負紛紛揚壘豈容逃幸陪末席頻賡續得以詩篇任戲
敖同話承平廿年事那禁血淚灑青袍

次韻僧房對雨

夢閑淅瀝起來看土銼繩牀未覺寒元氣要培春麥足
尖風莫作雪花團野含潤色山逾秀詩入愁腸語帶酸
明日李家溝畔路不辭泥滑馬蹄難

度地過大紅門前敬賦

崑崙西來開嶽蓮千枝萬葉相絡纏恆山實據太行脊

鐵色鑄出上古天遂從八陘向東走泰甯一嶺當其前
煙雲秀空白日麗化作削碧芙蓉妍天開地闢孕奇寶
一花一萼皆神仙　聖清有道越前古景運肇造億萬
年東西兩陵夾畿輔儼列昭穆別後先唐園漢寢不足
道即論周畢亦已偏嗚呼　憲皇御寰宇綱紀畫一法
令專珠邱始卜於此奠至今松栝風森然重熙累洽逮
三葉慕陵之慕萬世傳卑宮菲食數十載規制貶損隧
與埏偉哉遺諭四條在匪惜內府千金錢山川靜深天
地閟小臣有淚空湎漣摳衣下馬不敢拜但聞萬木號
春鵑聖人詒謀遠且大薄海士庶心骨鐫春陰漠漠正

横野百泉吐溜鳴涓涓白衣聯騎滿山谷遡量皇淵上洛瀍陰陽和會古有訓楊曾俗學吾疑焉歸來燒燭與客語胸次有物如咽噴夜分起坐自長歎遂灑殘墨竟一箋草堂初暖山氣靜耿耿星斗南天懸

歸自九龍峪疊皋字韻

重巒複澗得平皋形勢真同冠巨鼇九曲遠穿奇嶺狹一峯秀起壽星高（奇嶺壽星皆後山）前開馳道金椎樹深養靈源玉節蒿（左右有泉陰冬不涸而多碧藻）策馬上山原不習尋龍得路敢辭勞直登峭壁神先悚坐攬青雲語亦豪臺上鳳皇疑可即（一峯四方馬足所至日鳳皇臺）草閒狐兔已先逃駭獸突出要知職

事求毋忝豈類般遊賦以敖差喜歸途雨蕭瑟更無塵
土汗征袍

大龍華村在羣山中村北一阜草木獨秀其顛有
小廟俯視官道車馬纍纍然仍疊阜字韻

蹀躞連翩下玉皋又來山背踏金鼇遠天但覺千峯秀
拔地休矜一阜高偏仄懸巢飛蝙蝠淒涼壞壁翳蓬蒿
兩三行字題名古八十年前卜築勞墨書屋壁日乾隆五十六年三月建
壘石無樑工太拙班荆列坐興偏豪人言香象金鵝力
能使山精木魅逃搏虎我方笑馮婦埋蛇世或羨孫敖
或言山有怪物攜鞭一嘯登車去歎息村民競獻袍

五公山在西陵青椿內雍正年中嘗立碣今居民墾闢盡矣次醇邱韻

山來萬馬騰水會衆龍止一動一靜間生氣嬗不已我裁五公山下有賢德里（村民讀若憲代）土膏蘊萬寶穀碩草亦美嗟彼蚩蚩氓墾闢何所恃樵蘇既不禁書碣竟空峙（碣書雍正三年六月十三日立）大哉天地仁豈惜一山水我疆不言我爾田還畀爾各安耕鑿性永占崖谷裏慎勿聽訛言訛言莠民起（示諭不准再開不復深詰恐居民生疑也）

散步洲渚間歸而得詩

我讀鷓鴣詞惻惻涕不止山川浩無窮我行殊未已壯

夫志四方豈忍眷鄉里欲求肝鬲吐不屑聲續美行年四十六腰脚安足恃惟餘崛强性此骨尚堅峙登高邀明月鑒影弄沙水微生付造物流浪聊復爾鷓鴣復鷓鴣終日空山裏莫作鳳皇鳴恐驚世人起

次韻醇卿招遊西山別業

別築幽棲置小窗入門豪氣已全降百圍樹色古時碧十里樵歌新製腔客路相將陪研席詩壇何敢敵麾幢近天咫尺城西路準擬看花到曲江

次韻醇卿見簡

風物已全移春歸信有期食貧因放鶴避謗每删詩至

道能容直深談爲濟時霜毛已蕭瑟何事賞椎奇

瀕行二首

巢燕跡頻移重來未有期路長憐病馬餒重得新詩細雨空濛裏深山感慨時心情銷已盡無語鬭新奇

磊落使情移深心愜素期兩陵來往記一月唱酬詩客路停車處空堂揮麈時苦心與香葉憐爾太清奇庭有古柏

悲歌行次醇邸紙鳶詩韻

東華蓋山插天峭病骨支離倦登眺夜深月落燭花摧櫪馬長鳴山鬼嘯役車將發故遲遲送客無情畫角吹七步陳思驚絕唱九歌宋玉有餘悲悲來閔默思遺事

十載悉誠數行淚玉案初陳孫奭圖繡裳正紀周成歳
閣門西畔讀書堂帷幄深嚴宮漏長授几執經常抵暮
負牆列坐儼分行當時簾前被慈命蒙養工夫重心性
進講惟聞謨訓辭退朝還主程朱敬左經右史日陳前
天藻偏工握槧鉛翻水萬言文瞥斂長城五字調清堅
中鋒運腕揮毫捷不數唐宗脊令帖舞鳳回鸞幅幅工
跳龍臥虎人人愜（每歲終賞龍虎字）微臣近在玉旒旁衣袖終
朝染御香爲擬詞頭常脫帽因濡講舌屢傳觴聰明豈
屑拘章句聖敬尤能慎跬步躬攬乾符日月明自憐銜
索江湖去重來九陛候傳宣口敕還教直講筵牛磨圜

圖陳迹改蟾光落落幾回圓幽風無逸古有訓未學無
由答清問臣甫真慚諫諍姿帝堯自敕功庸奮天驚地
岋景忽忽裹藥占筵百計窮黃竹歌殘嘶駿馬蒼梧雲
暗叫哀鴻餘生如夢兼如憤霜鬢俄驚衰老態心戀軒
弓眼已枯手持趙璧頭應碎（蒙賜遺念有龍袍袪玉器）淒絕天涯
二月時春光又到鳳皇池搨前嗚咽彌留詔一慟空山
祗自知

次韻紅崖山度地

一箋寫出碧龍從詩意還如畫意工論事真無人我見
談山妙在抑揚中郊原膴膴龍鱗壘城郭重重馬首雄

（西北一峯日馬頭殊突兀）畢竟前賢有深識五公秀色遠浮空

次韻保清寺

下馬得幽憩聽人談上方（山名）募松新碣短嘗草古賢忘（舊爲藥王廟）重閣佛頭現一龕僧骨香（有高僧空月肉身）老師未相識茶話意何長

次韻保清寺散步

此是浮屠三宿桑偶然閒話到斜陽行人爭覩天章煥（方丈室恭懸乾隆五十六年御製詩墨跡）世界無如佛閣涼已改紅牆成塔院別開碧井灌農場百年興廢真彈指底事車輪轉客腸

次韻清遠齋

殿角一門啟高齋野色侵銀花初引蔓翠竹未成陰馬
認再來路燕知孤客心猶餘舊題墨青李與來禽

盧溝旅次醇邸示詩次韻奉答

悲歌殊未已默坐念何深老樹將軍影長川逝者心并示輓都賀夫詩
饋魚勞問訊走馬許相尋亦有皷鼙感躊躇梁
父吟

偕榮侍郎步月橋上次醇邸韻

憶從髫齔到如今山自從龍水自深可怪盧溝橋上月
一番照我一番心

芒鞵竹杖兩人俱畫作盧溝看月圖數徧闌干三百柱不知世上有仙無

題白雲觀劉老人像 河南人居觀中老人堂

秋林古觀夕陽黃偶遇仙蹤問禁方舉世但知君子館故應遺却老人堂

齯齒梨顏百卌翁掉頭萬事付虛空要知揭地掀天業都在尋常言語中

蓬萊日月故遲遲昨歲奇寒鶴亦疑留得人閒凡草木傷心幾換鳳皇枝

題高麗金秋史畫

四十年前奉貢差解衣脫帽摘牙牌題橋別有傷心贈

海內何人識卵齋先兄藥房得秋史卵齋字因以爲號

縱跡茫茫廿一州似聞流落海西頭秋史以罪遠謫啼鵑聲裏

空山雨亦有湘纍感未休

上巳出都醇邸有詩謹次其韻

禮樂慚非職吾師點浴沂亘三春晼晚五六客因依敗

筆聊書字輕裝未減衣可憐楊柳色猶認是青旂

次韻八里橋感賦

此身何事潞河濱嫩柳新槐亦可人七十二沽談不得

漫言客子是知津

八里橋邊溝水流問渠飲馬可知羞海東館伴頻年過誰識題詩在上頭

次韻薊州遇雨

冷風寒雨鎮相催小灶薰鑪暖酒杯且學漆園歌止止似聞雒邑紀來來談經難補冬官記將作慚非匠石才秖有一端差自慰客途琿軫得重陪

薊州旅舍次韻再答

大佛閣前寒雨催三家店裏索殘杯杏花映屋月初白蘆席打門風又來偶檢篋書矜僻字敢量椽筆鬬清才狂生真箇狂無那禁得兼程策馬陪來詩有冒雨追陪語

次韻壕門書感

租戸石門一水縈人民猶是物華更好春三月日交食飛雪萬山天亦驚是日山有積雪若李作花香黯黯病松扶架影平平坐思人事太飄忽不及無知樹有情

惠陵吉祥花次醇邸韻二首

蒼龍雙角挂嶷嶷謂雙山峪佳氣蔥蘢節物移逮理未成天慘淡吉祥花好地蕃滋靈蓍端爲神人出斑竹應留帝女思一樣菴葩何足道紛紛開落竟如斯

竟欲相從到九嶷託根雖淺未全移兩番奇豔孤芳在春秋兩花一寸靈苗數世滋家果不妨隨俗道野花猶足繫

人思白頭翁是微臣願此花一名白頭翁歲歲年年某在斯

吉祥花和華峰韻

淺紫輕紅數寸根得依福地沐新恩獨憐未老頭先白

惆悵仙人玉女盆

麟趾詩應答茁葭春風特與送名葩吉祥好語君知否

此是宜男第一花

次韻華峯上巳出都有作

春風吹影度亭皐繞過榆河路便高世事變更新驛柳

詩辭悱惻古園桃問誰客舍歌三疊忍憶瑶池奏八璈

差幸征途未岑寂白頭詞伯我同袍

次韻華峯中途遇雨

小憩意猶倦催行語最真薄寒梨水凍疎雨葛山春泥滑箯輿重塗平橋柱新暮愁已無奈何況是行人

次韻華峯寓齋即事

侯雁征鴻往復同長歌誰識楚騷哀亂山深處程書讀流水聲中畫諾來茅屋自將新榜署瓦盆喜得好花培不才詩律粗疎甚憑仗先生爲剪裁

奉賀華峯得子次醇邸韻

一紙家書五色雲客中得子倍欣欣人言老蚌生奇采我卜名駒軼衆羣因物命名徵古訓（君以乙亥生今年又值乙亥）巽

聞傳世紹先芬從知陰德無涯量豈獨區區債券焚

名花果是吉祥雲入手能占所遇欣余和吉祥花詩有宜男第一之語今子即以是日生遂成嘉兆

燕語鶯啼皆送喜鳳毛麟角自超羣過門未試呱呱泣擔酒先騰郁郁芬莫怪弄麞書易錯君苗筆硯近都焚數日來余適患舊疾醇邸賀詩先成工麗斐亹故末句及之

次韻上醇邸

小蘧廬下墨花催一幅吟牋酒一杯筆力縱橫餘地破襟懷超曠自天來國朝首數王文簡近日無如袁子才儻欲詩家圖主客故應未許兩人陪

次韻簡園雜詠

兀坐意還遠論詩語漸長鶯雛初弄舌蜂老欲分房短竹猶須補雙松已作涼小園幽事愜茶墨費料平聲量俯視碧煙空虛亭四面風花名籤甲乙楸蔭坐西東挾筴尋僧話開罇與客同平生忠孝志都在嘯歌中

三月十日瞻仰　定陵規制於殿前伏謁微雨泫然泣賦一首次醇邸韻

九死驚魂墮渺茫趨朝猶認舊山莊白衣屢對明光殿丹筆親題選佛場（餘以拔貢生及禮部貢士兩與大德廷試均蒙擢列第一）再生山嶽重報恩無路地天荒風號雨晦知何意略比門人墓泣防

山中感懷用守默庵偶成韻

又逢草長與鶯飛頓憶江南白板扉尚父湖邊春盎盎仲雍墓下碧巍巍賁文不屑千端絹學易惟期三絶韋惆悵欲歸歸未得九原何以答春暉

山居養疴用簡園即事韻

斗室聊爲安樂窩袁絲日飲亦亡何天涯感慨夏畦鬼世事粗疎春夢婆花似新詩渾覺懶山如名士未能多東書閣筆嗟何益墨不磨人人自磨

福泉寺温泉行恭和

聖祖御製詩韻

驪山山麓唐華清金砂赤箭涌地生惜哉一落傾國手
千古香玉流淙琤臨邛火井應炎運勝國敢與興朝爭
福泉寺額孰所賜正德四載傳前明將軍後至盐鎚鑿
千黃金盡得一泓（戚繼光作鎮時大施甃濬）洪惟仁皇纘初服日月
重秀山川榮檻泉觱沸應時出匪獨甘露浮金莖陰陽
爲炭儼自鑄水火既濟不易名涓涓出竇散珠溜炎炎
騰氣蒸霞城涼秋九月霜葉赤六龍珥節慈輿迎臨流
祓濯喜清泚覯到暘谷淩滄瀛聖人觀水斐有作中寓
執熱探湯情流光彈指二百載黃瓦剝落碧甃平惟餘
盈盈一衣帶九折尚向空亭橫蒼梧西望在何處雲旓

翠蓋朝玉京井寒不食我心惻再拜敬賦溫泉行

次韻醇邸見示之作

獨客中年惜景光好春無奈太悤忙似聞鶗鴂驚遲暮
忍見蘅蕪委衆芳燕若有情營舊壘鹿應無夢戀空場
東華門巷清如水稚柳新槐漸送涼

醉裏題詩醒已無風塵倦眼蹔時舒豈知少伯旗亭句
識是君謨小閣書頹腕祇宜施璽帚高歌漫許附蘧廬
（煙郊題壁未著款邸一見即識之小蘧廬簡園亭名也）青絲伏櫪增惆悵一顧鹽
車信有諸

次韻醇邸蕉花圖

綠天庵裏香雲引南海城邊黄雪開從古詩人知愛葉
問誰能賦此花來
碧玉輕房糝細金勝他青李與來禽誰知一點波羅蜜
展盡書窗數寸心
九思堂下好風吹種竹栽松事事宜不獨蕉花天下少
等閑草木總清奇
題辨文肅得甲圖卷
偃仰縱横各自奇披圖索索晚風吹近來鐵甲翻新樣
此甲無名空爾爲
薑橙已老蒳花黄日日街頭唤賣忙忽憶潭塘金爪味

不知何處是江鄉吾鄉金爪蟹最美
青桐底事仿青籐稻熟蘆荒見未曾我是湖田老漁父
慣移短棹看疏鐙
題石谷長江萬里圖卷匣端
長江之圖如有神翁子得之忘其貧賣屋易畫今幾人
約不出門客莫嗔
題張天瓶金書普門品經冊用冊中楊幼雲詩韻
積雨門庭靜雀羅病餘猶自戀金坡人閒儘有唐捐福
安用聞聲解睡魔
珍珠密密字盈千擬奉天瓶作畫禪回首墓廬淒絶景

移松換柳已三年余曾寫法華經一部於西山丙舍

文炳駿圖爲醇邸賦

文炳駿者新疆貢馬其文似虎　宣廟所賜名也同治初猶在南海子醇邸閲而圖之越十年乃賦是詩

成皇武功洵無競撫定邊萌翦頑倞樂歌不侈天馬來翼翼朝堂日咨儆渥洼生龍亦產虎力刷幽燕有餘勁天顏一笑瞨臣驚豹尾旄頭互輝映秋風南苑悲長道首[illegible]如山不療病路人尚避玉花驄何況賢王更哀敬吁嗟神物不可留貌取斕斑入行憕古來相馬惟論骨

縱極權奇失情性詩人畫史强解事漫與描摹妄稱評豈知德驥本無心鑾輅鹽車兩安命此馬曾在新疆曳碾今觀斯圖兀不動收斂雄姿靜以正區區一馬安足紀欽歎臣良由主聖回環三十年前事白髮郎潛亦伶俜眼看靜掃天山塵重覩嘗黃頌新政

椶扇爲醇邸賦

種竹栽花坐嘯歌端居無事得天和清風一握真無價底用蒲葵五萬多

炎風不入九思堂乍雨新晴草木香忘却壁閒松麈尾本來心地十分涼

密織樓櫚新製奇拂蠅驅暑兩俱宜若教送與涪州客
定寫巴中十首詩

次韻題潘星齋丈庚戌闈中畫蘭

東華門巷坐焚香無復新詞貢玉堂一簇幽叢清到骨
只愁無路寄沅湘

官燭風簾衆豔誇眼光若箇透紅紗白頭詞伯宣南客
典盡朝衣畫此花

題星齋丈山水冊敬書　先公辛酉題詩後

昔年讀畫兵馬街小窗新綠媚古槐今年讀盡東華屋
日日愁霖亘相續十五年來世事新惟公真似千歲人

告公索詩幸勿遽我有苦語難具陳藤花之歌屢酬唱公與陶鄭䲠張稱直諒先公論畫如論詩清氣乾坤最欽向鹿牀之畫世所師先公得之未第時池南矩室迭賓主惜未編入澄懷詩嗚呼鹿牀今已矣廟貌森嚴照湖水平生推重是何人竟使埋頭塵土裏嗚呼鮮民亦既孤京師先友今則無一題一記皆可敬何況識公霜鬢須願公載酒且行樂遍寫山川入縢橐我雖粗解畫中禪苦欲題詩無處著

七月廿八日煙郊旅次苦熱露坐馬鬣旁越八日復宿此涼雨泫然矣

露坐衆囂息不知行役勞坐憐蟣虱餓靜覺馬牛高秋
淺星芒活風低土氣豪側聞西徼外猶未解弓刀

一雨轉蕭瑟淒然秋可憐怯槽多病馬噤樹有枯蟬倚
枕便成夢拋書亦是仙賤儒真賤矣計較買山錢

爲榮侍郎題焦山僧芥航畫竹

風梢月影是清才自劚琅玕自剪裁却笑東坡風雨筆
一枝掀舞爲誰來

談詩說劍蹔句留看月無因更倚樓一角青山濃似墨
讓渠占斷馬蘭秋

祇樹林中有所思蓮畦畫筆芥航詩焦山樓觀風濤響

記我横江歎往時

有感

霜痕著葉自蕭疎似淺還濃好畫圖老樹偏工鬭顔色不知秋柳爲誰枯

秋晴幾日四郊空免使行人怨雨風我獨傷心油幕底有人十載雨風中謂燕城往事

軀寒鶴雪費平量一飯無端淚數行不是世人歡喜慣却嫌阮籍太清狂

十一月八日承　命偕魁尚書榮侍郎伐石於房山之大石嵎醇邸由易州來會是日大雪聯巒山

谷中霽色既吐玉龍璀然周視畢邸留飲材官金
如鑑圖之而余題詩其側

炪題山北碧倚天炪題山南玉作田東西二峪儼門戶
我行却在闌楯前雪花團團大如掌銀海翻空波動盪
我騎白鳳不能飛兩脚烏韡作奇蛘平抹蕭條野徑迷
前騎局蹐後騎嘶一龕小語四山答百里俯眺雙塔低
殿雷鑿山山石沸石豈能言暗噓唏大用終非砥柱材
奇光錯認金銀氣我聞此山帝所都仙人玉堂今有無
興雲灑潤徧天下何惜尺寸青苔膚歸來崖谷明殘景
山風弄寒上衣領銀鐙照座獸炭紅人馬聲中酒罇靜

六閒房名石塘近東山口明日衝寒欲東走此圖此客未易有香樹花時一回首

房山大石嶠五首次同人韻

山村園聚皺雪路淨纖埃四海國工集一時實從來崖枯窗媪泣峽壁巨靈開慎莫搜巖盡當留柱石材雪後發八郎廟

陳根委平楚落木逗晴暉雪與石同色雲隨人共歸潭寒龍晝伏徑仄騎斜飛獨羨山中客圖焦已掩扉由衆林西行歷六塘至上水塘

突兀一椽屋差峩積石鄉捫碑聊下馬窺佛未升堂小

坐得超悟清談墮渺茫莫云彈指頃歷劫百千長樂王堂小

憩飲

茶

何處訪隨碣刻經西峪多樹香花吐馥山吼石成河古

德舊栖隱是邦足嘯歌再遊吾未必悵望竟如何望西峪寺

不得

往

一幅好圖畫滌場農事闞長溝分水活圓屋跨溪寒椎

鑿千聲合推敲一字難奚奴獨何事飄瞥隨征鞍塔坡以南

稻田彌望所謂

玉河米是也

燕郊和壁間韻

白雁黃花倏已過西風其奈亂愁何清能醉客詩如酒

健可擎天壘有波一鶚固應常偃蹇六龍何事忽蹉跎杜詩六龍忽蹉跎 書生亦灑承平淚自悔憂時語太多

通州和壁間韻

少壯才名第一流老來皮裹有陽秋緣何喚作瓶居士不貯膏油只貯愁

縱未書名世已知幾人有此性情詩一言還訊瓶居士長頸粗腰豈入時壁題瓶居士

瓶廬詩稿卷二

瓶廬詩稿卷三

目錄

六月二十六日　乾清宮恭祝　萬壽退從邵

汴生前輩祁子禾世丈夏子松同年赴彰儀門外

南淀觀荷快雨既足禾黍蔚然次韻四首

臨吳漁山畫

七月四日與子松招汴生子禾至後湖觀荷汴生

有詩次韻奉答時將南還

遊秦氏林塘次汴生子禾韻

次韻簡祁子禾閣學

次韻曾君表之撰南泡觀荷

海船南行遇楊古韞秀才以詩見投次韻答之

次韻酬朱叔彝太守 其二

大風小泊偕古韞叔彝陟之罘之巔

題吳竹橋先生湖田書屋圖次卷中蘇園公先生韻

題陳司業 祖范 詩冊

題梅花道人竹石卷為同邑孫君 戊寅

寄丁雨生

題史晨碑

題趙粹甫同年醇邸贈詩卷子

臨董思白書

題臨倪文正公畫

題文式巖師先公所畫煙雨江邨圖 己卯

庚辰春闈用壁間韻呈許筠庵前輩 庚辰

再用壁間韻呈麟芝庵

再用壁間韻呈景秋坪師

題劉馨山照疊前韻

筠庵贈詩有卜鄰之約依韻奉答

敬和 高廟賜徐文穆本詩墨刻爲徐吉士 琪

題蘇州某公殉節事卷

昨爲南泡之遊今又得西泡者荷花極盛感而賦

此次汴生韻

再題天瓶金書晉門品冊次前韻 辛巳

被酒走筆簡任澹齋 慶準

過澹齋邸舍承贈詩扇依韻奉酬

和任澹齋

同友人看海棠作

觀德殿夜直出而周巡

題法源寺方丈靜涵和尚小照

出朝陽門次通州宿燕郊

閉戶

薊州和壁間韻

過薊州登獨樂寺閣觀太白題扁字

辛巳九月九日恭奉　慈安皇太后靈轝由觀德
殿出東直門遂登車入麥田邅迴久之叱馭者毋
損人麥

夏店題壁

薊州

醇邸惠果食清泉賦謝

帶匠進榆木牀歸已曛黑醇邸贈詩次韻

慈安顯皇后奉安禮成恭紀

視學

爲徐小雲侍郎題袁通甫先生詩卷用卷中蘇齋詩韻

招友人小飲有感　癸未

今年以河流𠎝藏發策嘶得熟於地形之士

題朱保之楓江感舊圖

用東坡中秋月詩韻送士吉姪南歸

孫夔臣新得日本唐寫經欲以見貽次韻却之

夔臣再送次韻再答

夔臣三以詩來次韻奉答

瓶廬詩稿卷三目錄

瓶廬詩稿卷三

常熟　翁同龢　叔平

丙子

題新羅崔孤雲殘碑集碑字三首為伯寅（孤雲名致遠唐時人相傳入山仙去）

一洲懸火谷三道隔靈江雋句餘天寶風流豈異鄉

滅燭從枯坐壺中別有天致函勞印契擬結道人緣（時伯寅寓酒肆撈日壺天）

法言既不慼懼志豈終移邂逅赤顚將天乎未可知（指東國近事）

二月十五日被　命閲直省舉人卷伯寅侍郎有
詩次韻奉答
齊禮堂頭客話深斯堂何事又重臨翻雲覆雨一場夢
判月批風兩翰林官燭吐花光黯黯春星冒樹夜沉沉
誰知活國書生手各有籌邊夙將心
再和闈中煑菜
鏁院朱門百丈深誰攜野餉肯來臨數能養性先生饌
淡到無言君子林稜甲半生風力在炭薪全伏露華沈
小詩亦有蕭疎趣閒却平生老圃心
題郭廉夫同年 長清 詩稿

秋堂愔愔夜何其點鐙起看廉夫詩天風海濤互摩戛
幽花瘦竹紛離披簞瓢自足天下樂籌策未吐胸中奇
郎潛吏隱獨何事北學商量及此時

除夕得耕煙畫卷

掃地關門一事無早朝還破睡工夫嘔心已謝新詩本
熨眼聊尋舊畫圖萬戶飢寒甘獨飽半生官達坐成愚
明年風雪荒江上添我煙波一釣徒

丁丑

雨中看蕉花酬醇邸

此是花中優鉢曇看花還許客停驂未須河朔連宵飲

且作平原十日談三疏似聞天意近廟議禮臣已三易稿矣萬家
同喜雨聲甘會看草木皆生色綠徧平橋曲徑南
客如黃面老瞿曇入世聊停過路驂不解譽人猶直道
未能成佛只空談頻參柏葉心多苦親見蕉花夢亦甘
一笑下堂行脚子休論山北與山南

次前韻簡子松

一刹那中現佛曇十年前夢侍龍驂薄雲只釀霏微雨
下士難聞要眇談新政共扶乾德健舊游還戀井泉甘
一言定靜終身誦合使先生歎道南君詩有學問太原期定靜國家元氣釀和甘之句

六月二十六日　乾清宮恭祝　萬壽退從邵
汴生前輩祁子禾世文夏子松同年赴彰儀門外
南淀觀荷快雨既足禾黍蔚然次韻四首

一溉欣然萬彙青化工迴斡妙無形泰壇露禱天能格
閶闔嵩呼雨亦靈遺種蝗蝻應盡洗磬鳴鴻雁可堪聽
會教扶寸崇朝徧不獨禝祇山下亭山右寺旱而東南亦有飛蝗

韋杜城南水一灣名區豈必遠塵寰來從丹浙東西匯
流向金譙左右環鉤盾有田容萬戶畫檐無障納羣山
種花野老猶能說鑾輅當年數往還南淀俗呼爲南泡子有亭乾隆三年建其東爲赴南苑蹕路經行之地

溽暑初收雨過天朋聻小集亦良緣鞭鸞笞鳳從吾輩
水珮風裳有衆仙老去詩篇多感舊醉中心事苦箏邊
不知天馬徠何意朝秣昆侖夕刷燕
寂寞空山久索居三年長閉鵠峯廬買田擬種千竿竹
引水才分一寸魚誓墓不成常惻惻挂冠未忍故徐徐
浮生衹合江湖老惆悵扁舟白髮餘

臨吴漁山畫

漁山卷爲興福默容和尚作丁丑七月見之驚
喜曰此救虎閣中物也價昂不能得翦鐙臨之

齊女峯頭刼火紅殿門零落講堂空漁山三絶詩書畫

猶使人間說默公

二百年來有後生廟堂拜疏乞歸耕尖風涼雨秋如此

誰識挑鐙作畫情

七月四日與子松招汴生子禾至後湖觀荷汴生

有詩次韻奉答時將南還

詞源三峽涌波濤走送頻煩侍史勞書與詩人俱不老

花如名士自然高尋芳最喜同攜屐弄水還應淺著篙

默數鬢絲長歎息近來退盡筆鋒豪

輕衫團扇午風涼可惜烏篷漏日光萬事盡如秋在水

幾人能識靜中香對拈險韻真詩將解納清流亦谷王

此地舊名西海子（小注）縱使化身千萬億可容湖海恣徜徉

西涯種竹憶名流蝦菜亭邊煙雨收小幅詩龕諸老筆（梧門學士卜築西涯寫詩龕圖寄意一時名流題詠殆徧）高牙畫舫古時秋（元時此地舟楫最盛）好花依舊開千頃歸客無因卜再遊一笑去來渾不定平生蹤跡等沙鷗

回首秦關攬轡餘三峯秀出碧芙蕖力扶元氣凋瘵後靜斂神功戰伐餘投紱君輕八州督收竿我訪五湖漁篋中亦有凌雲賦未敢空言託子虛

遊秦氏林塘次沐生子禾韻

居然青雀繫蓬門旋覺輕橈雪浪噴暗水過湖偏作態

好雲胷樹太無根入秋花似將歸客和韻詩難不著痕便擬放舟東海去胸中雲夢已全吞

次韻簡祁子禾閣學

紫殿齊班侍禁鞭退朝車騎共聯翩偶攜碧玉筩中酒來看紅雲鏡裏天杜曲桑麻開異境澄懷風雨話當年倒冠落珮蕭閑甚錯被人呼作散仙

鄰園老樹自槎枒昔我先人與壽陽相國有鄰園老樹酬唱之作屹立風霜閱歲華天意不留將食果路人猶看未開花酬恩生死心難盡涉世榮枯日易斜各保令名須努力長途何處是津涯

次韻曾君表之撰南泡觀荷

今年殢晴雨苦少雨後看花花倍好老夫日日看花行
獨到城南愜幽抱液池水碧風迴旋紅雲明鏡爛欲然
路人指點青雀舫揖我謂我花中仙不如南城一亭敞
菰蒲作聲蘋末爽瓜皮才受兩三人却踏魚磯不輕上
誰歟主者李玉舟殷麗楊邵□行遊俞君賓敬李子客
葉郎豪氣橫清秋

海舶南行遇楊古醞秀才以詩見投次韻答之楊名葆光松江人

平生意氣傲滄洲來看東南萬里秋温詔許持山國節

壯懷自試海天舟早諳世路風波嶮喜與詩人汗漫遊
自歎迂疏老無用此身端合守松楸

次韻酬朱叔彝太守 其懿

才名早歲動江洲吏事精能閱十秋當代賈荀推接席
一時李郭喜同舟能談海國真奇士暫馭天風亦壯遊
歎我無能鬢鬢改久隨病馬踏長楸

大風小泊偕古醞叔彝陟之罘之巔

方丈蓬萊渺十洲此臺猶占古時秋誰開勃碣三門嶮
竟泊瀛環萬國舟天意已無填海力我儕且作訪碑遊
仙人已去神魚隱閑煞空山老檜楸

題吴竹橋先生湖田書屋圖和卷中蘇圜公先生韻圖爲奚鐵生筆

無田真細事大義忍歸耕負土一襟血呼天十日晴覯朋猶惜别䩄馬自遄行不盡首邱感披圖眼一明

渺矣城南杜賢哉陋巷顔留貽舊家澤珍重故鄉山讀畫亦奇事清談得暫閒因書數行字好待旅人還

題陳司業祖范詩冊

同龢年十四得此冊於筆客王雨臯其静女吟一章　先公最喜誦之即同龢亦竊仰止以爲先生非常人也歲月不居巳成老拙重覩是冊

爲之憮然丁丑十二月十三日鐙下呵凍記

知止齋中聽講時兒能執筆父哦詩白頭侍直今何用
慚負寒機千丈絲

戊寅

題梅花道人竹石卷爲同邑孫君

古來詩人例憫雨日日朝回作苦語桃僵柳蹇過清明
修竹流泉無處所梅花庵主仙人哉生綃一丈清風來
眼明忽到青玉峽海氣釀出金銀臺識真好事者誰子
分宜官印模糊紫石田石師兩勍敵六百年來數人耳
題詩勸倚燈燭紅星河入戶天又風書生何事苦覓句

呪爾鞞龍噀雨去

寄丁雨生（時雨生得請開缺）

儒林循吏古有幾丁公崛起南海涯世人欲殺李太白
何事不了張乖崖鋤豪發伏具辣手藏書品畫真吾儕
閉戶病足獨長喟誰起百萬溝中骸
南海北海風馬牛吁嗟吾與丁潮州白頭倦聽青瑮雨
瘦骨徧走黃茅秋築亭寫像苦相憶燒燭賦詩聊寄愁
安知會合不可再滄溟弄月同扁舟

題史晨碑

史君不愧魯諸生俎豆升堂享獻成可惜碑陰無一字

未書九百七人名
醜拙還應勝巧工評書我最服霜紅一般躍駿彎強骨
銷盡輕煤斷紙中
卅年空自誤儒冠衰病懸知不任官古墨似憐人欲去
華山婁壽送將看

題趙粹甫同年醇邸贈詩卷子

我愛京江好官廨萬疊青山展圖畫又愛五茸古縣城
野梅修竹門巷清君從兩地作太守不負玉堂著書手
九年袍笏強低顏萬戶衣襦笑開口長安八月天未秋
輕雷急雨滯客輈忽然見君泥土裏特索新詩爲破愁

新詩頻年有諾責珠玉當前重名迹已除三館舊巢痕
漫說諸侯老賓客吁嗟塵寰鳳與麟賢王亦是澹蕩人
鑿池引流天下雨種花畦菜江南春閒道長篇更矜鍊
憶君重君不敢見要知書史費評量不是山林奉遊讌
津沽行人西北風纖蘿不動旭景紅飛輪之舟古未有
況有寶氣騰長虹焦山老僧與君約一指機鋒已輸却
他時旌節徧東南此卷應留枕江閣焦山有枕江樓

臨董思白畫

塵海消磨鬢已霜無端來學董香光點鐙弄墨真無俚
忘却明朝橐筆忙

題臨倪文正公畫

倪文正公橫幅末署壬午冬寫案壬午爲崇禎十五年是時公年四十九公既以言事爲烏程相國所忌落職閒居至十五年九月起兵部侍郎明年抵都拜戶部尚書作此畫時正在拜命之後啓行之先也最後書四十初度詩四首蓋補錄十年前作今余年亦四十有九悲公之志臨其畫并系以詩戊寅十二月十日

要典焚殘士路清一篇黨論太分明相公煞費推擠力破帽騎驢了此生

逐客偏蒙詔語温論兵籌餉已無門蕭寥數筆雲林畫中有憂時血淚痕

己卯

題文式巖師先公所畫煙雨江村圖

鳳城西畔月輪孤水調歌殘一事無躬歷八州仍獨客手篋三略是通儒江湖去國靈均淚煙雨傳家海岳圖白髮兒啼緣底事夜來還夢過庭趨

卌年門下老門生頗憶城西載酒行攜杖未陪黃綺坐題詩幸附晁（借作去聲）張名風流尚有清芬在餘事還教俗眼驚留得棠陰徧南國綠蓑青笠暫歸耕

庚辰

春闈用壁間韻呈許筠庵前輩

珊網曾探嶺嶠深鋒車旋向玉關臨久推學海文章伯公爲粤中學海堂名宿上繼翁山著作林匠石運斤神智定九方相馬眼光沈歸愚鐸石風流在一樣虛公愛士心

齊禮堂頭夜已深隔窗先喜履聲臨高談擊節風生座細意論文月在林不事參禪真灑脫無言解易最淵沈公精於禪而深於易獨憐白盡憂時鬢尚有中宵起舞心

再用壁間韻呈麟芝庵

璇源高處五雲深天遣文星兩度臨早擅才名誇鳳諾

新傳詩句徧雞林君典谷國事務料量纖屑精神密收斂鋒芒

意氣沈一事教人修不到出闈先慰倚閭心君之太夫人年高康健

師友淵源結契深一時冠蓋共來臨齊年何幸叨同譜君與秋坪師筠庵前輩皆己酉鄉榜余忝是科拔貢佳話真堪入語林團坐引杯

春盎盎分鐙擲卷夜沈沈氈車席帽尋常有難得青雲

證素心唐崔沉語

再用壁間韻呈景秋坪師

玉節珠鈐智略深天山瀚海舊經臨久聞制詔推邊鏁

豈獨文章重士林四海人才歸進退一言題品判升沈

區區衡校真餘事尚識更闌剪燭心
回首滄江歲月深燕臺何事又登臨駑駘久合辭華轂
病鶴猶知戀禁林鬢雪婆娑新學改眼花錯莫夜光沈
海棠落盡清明過根觸天涯萬里心

題劉馨山照壘前韻

官燭風簾夜氣深叩門還喜客來臨畫圖已具新詩本
醉墨真慚老翰林同人題詩已徧家學青箱勤護惜郎潛白髮
久浮沈爲君豫卜登科記領取虛堂校士心

筠庵贈詩有卜鄰之約依韻奉答

坡公領貢舉妙得伯時畫沈沈會經堂豈乏能畫者欲

求題鳳手寫我麋鹿野君恩天地重大義安可捨聊儲
耦耕志終負結鄰雅夜來夢高堂淒戀鴒峯下耿耿家
國心何由一傾瀉

敬和　高廟賜徐文穆本詩墨刻爲徐吉士琪

高廟乘乾日元臣翊聖躬慰留天語重賡和庶僚同貽
澤殘編裏清芬累葉中牛行三易宅葛嶺再興戎湖海
潛鱗沸雲霄弱羽冲藏衣心獨苦寶扇意何窮有子承
家學他年繼道風庭槐儼成列忠孝盛名崇

題蘇州某公殉節事卷明季事

蒹葭巷口舊祠荒猶有衣冠子姓藏大節兩篇忠孝傳

高門九葉遂儀堂哦松事蹟推循吏橫草功名等國殤
昨日新題瞿氏集劍門宰木已蒼涼吾邑瞿忠宣死難其孫負骨歸葬與公家乘相類

昨爲南泡之遊今又得西泡者荷花極盛感而賦此次汴生韻

薄雲微雨釀輕寒已作蕭條歲暮觀香國別成花世界風潭暗起海波瀾愁多斗覺詩懷減氣定方知酒醆寬忽憶西溪幽絶處青鐙孤棹過臨安
此是仙人碧玉壺問君何事劃雲腴應官粗入菰蒲稅好客時開擲爭厨地主何姓種菜得名白芡烏菱休論直短蓬輕

棹合成圖獨憐塵海馳驅客未到昏鐘已戒途

辛巳

再題天瓶金書普門品冊次前韻

老來情景墮脩羅駿馬難登千丈坡無事獨吟還獨嘯

旁人錯認著詩魔

賀春車馬動盈千小閣無人且坐禪獨有一端差免俗

黃齏白飯作新年

被酒走筆簡任澹齋慶準高麗使臣

范公吾鄉里朱子吾服膺偉哉鶴山翁字字中有稜三

賢手蹟同一刻抱疊寄我湖田塍不同均齋几席玩浩

氣往往浮緘滕東風峭寒雪融汁紙窗深屋明春燈海
東嘉客忽過我摩抄再拜喜弗勝謂當珍藏入篋衍世
世愛護貽孫曾我官於朝如蝨蠅舊學荒落霜鬢增長
箋鄭重索題句客過聽矣吾何能范公尹公兩書生軍
謀邊計道得朋葫蘆水路同一議竟與飛將爭騫騰考
亭居敬常兢兢鶴山守正道力凝試觀轉對數劄子却
慮疆圉多憑陵長安邸舍清於氷我往叩門客不譍豈
無新詩發一笑恐非急務安足矜營平勃碣轉遼海東
西一氣摶鯤鵬觀書季札今老矣嗚呼吾道其終興

過澹齋邸舍承贈詩扇依韻奉酬

春星如月雪風涼客話無多別意長暖閣矮屏傳燭早官厨行竈煮茶香小詩漫試淩雲手淺酒聊寬吸海腸極目榑桑青未了萬波聲裏百靈藏（萬萬波波笛中語也）

廿五年前首重迴天涯蹤迹各驚咍何期彭澤先生柳尚寄江南驛使梅（今弟蓮齋吾故人也爲縣尹告歸久矣）壽骨君家生有種笑顏塵世若爲開蓬蒿門巷清如水莫訝雞林舊雨來

和任澹齋

銀燭同趨紫陌塵班心喜見鶴精神誰知東海來朝客竟是中州樸學人

前賢立志事終成風俗先從禮教明我是嵩陽老居士
送人萬里不勝情
旅雁何須說稻粱敝廬喬木久荒涼露蓮別有神仙宅
輸與高人自在香
同友人看海棠作
海棠庭院酒樽開各賦新詩趣補裁壬戌春闈分校余與王少鶴趙元青錢莘伯各有勸林穎叔京兆補海棠詩十九年中春夢過兩人白髮看花
來
歐九歸田道路賒料應回首望京華不知南國相思豆
可抵東風及第花謂穎叔

觀德殿夜直出而周巡

闃室黯星斗魚鑰夜沈沈明鐙導我行列戟肅以森却從西北門步繞景山岑前騶何諠囂聚檯雜謳吟解放汝弓刀坐臥松栝陰曲跽者爲誰吾官非羽林

題法源寺方丈靜涵和尚小照

呂粱山下路漫漫戲馬臺前白月寒和尚徐州人與佛協揆李公善印舊稱蘇子客苕溪偶襲玉琳官搬磚弄瓦談何易秉拂開堂事大難我不識師師識我任他翻轉倒來看

城南大剎今無幾每遇芳時到一回臘粥齋廚尋畫去傳叏三十二相春燈廊廡摸碑來二唐碑廛中亦有江湖趣世上

原無島可才留得青松紅杏向畫圖長爲智公開青松紅杏卷智樸所留今在崇教寺余爲之重裝

出朝陽門次通州宿燕郊

出郭便輕快輕車熟往還微黃秋半葉淡墨雨中山千鍤深泥裏雙橋落漲閒我行得高臥毋乃太安閑

葦壁添新薄茅檐綴晚瓜尋常小村落珍重古田家穀賤非農病錢荒有衆譁從來富强術畢竟是桑麻

老矣真無用歸歟敢遂初家風爲政拙舉業讀書疏文質從三變榮枯集一虛君看揭揭者豈是古之車

多病偏憎熱今朝又怯涼秋陰含雨重野樹劃沙長馬

矢煨茶苦嬴綱載果香一餐吾愧汝底事宿春糧

閉戶

閉戶竟高臥不知有送迎粗疏容傲態灑脫見真情快若雨風過悄無人馬聲從知古名將萬騎可横行

薊州和壁間韻

李氏茶煙語太迂逍遥空谷有名駒上盤別有仙靈氣辛苦看松到半途

八分題字亦狂迂想見昂昂千里駒商女琵琶豪客劍誤人物色是征途

過薊州登獨樂寺閣觀太白題扁字

翠柏高槐古意多眼明飛閣極嵯峩觀碑過客今無幾
題扁仙人可奈何巖句有時編杜集雪堂何必定東坡
逍遥摟字殊平鈍俗手鉤摹恐易訛

辛巳九月九日恭奉

慈安皇太后靈轝由觀德殿出東直門遂登車入麥田

邅迴久之叱馭者毋損人麥

小車真箇是雞栖旋入平原路轉迷詔語每憐秋後麥
臣心分别道旁梨漲天塵起千車轍殷地雷聲萬馬蹄
二十年中恩似海耕氓蠶婦盡含悽

夏店題壁

解鞍容暫憩隱几且高眠何事門前客偏爭買草錢

黃花與白雁其奈客愁何一樣宜仁詠蘇公涕淚多

薊州

欲訪城南塔登臨意轉傷燕歌悲似哭薊樹老先黃二水舊提過三關古摧場由來豪俠地慎勿鬭身強

醇邸惠果食清泉賦謝

旅中得一飽薄物亦清標里古陶彭澤 栗軒新鄭板橋橄欖題糕尤喜輭(花糕)說餅妙能焦(蛋餅)知是天廚味詩情未敢驕

人天同此味今昔感難休一句滁襟水卅年花萼樓松

盤環蹕路龍喜護靈湫何意青油幕閒調紅玉甌

帶匠進榆木牀歸已曛黑醇邸贈詩次韻

切切餘衰尚未忘老來淚眥怯鐙光方中穿土衣裳潤龍首談經辯論長（是日風水官李唐定寶牀方向）玉頂峯頭曾並轡温泉亭上憶流觴七年一瞥空惆悵羞插茱萸滿鬢霜

有約青山意豈忘冷雲晴日好秋光萬家村落人煙聚帀地松陰閣道長野宿貔貅常滅竈（帳房漸稀）巖栖猿鶴亦傳觴（山中人有來饋酒食者）西風吹雨蕭條甚一夜千林盡變霜

慈安顯皇后奉安禮成恭紀

沒世民心感不忘月重輪復日重光名賢宗室推元祐

本紀班書仿子長宮禁十年綈弋服園陵一慟菊花觴
天心默識皇情軫極目郊原盡雪霜

醇邸以與左侯並坐照象見示敬題應教

鳳凰麒麟世所珍遼哉不與斯民親雲霄想像一鱗羽
縱極摹繪知非倫泰西奇器妙圓相一俯亭育太古春
山河大地盡倒影餘事貌徧賢豪人盤宗龍種不可畫
俗手未試先逡巡雲舒霞卷神骨秀蕭然自放天池濱
湘陰相公最奇特當路老羆兀不馴經行萬里歷百戰
却來天府垂朝紳王侯將相等閒耳古來銷歇皆灰塵
惟此一腔忠孝性震駭耳目生精神吾聞周公輔相日

召公往卜洛邑新推原天命勖敬德思深義重辭周詩
洎乎召公告老去周公留之君奭陳曰我二人共篤棐
如見涕淚沾裳巾丈夫氣類各有合焉能隨俗爲笑顰
圖中端委屹嵩華世上肝膽匝越秦印將萬本傳萬國
東盡日出西無垠青雲驥尾良會合白髮江湖多逸民

題程樂菴水部所藏石谷畫卷

圖爲在慈先生作其郎君梓材囑耕煙畫不三
日而化去故圖以歸其尊人寄挂劍之意云云

我本東南人知解圍一方談詩與論畫不出吳越疆國
初推畫宗婁東有三王吾虞耕煙翁秀起稱雁行耕煙

與麓臺同時相迴翔麓臺簡而古耕煙密而蒼我重麓
臺畫筆勢中鋒藏亦頗愛耕煙精思入微茫一登來青
閣再上清暉堂徧識其雲仍得傾縑素囊長安紅塵中
覯此水曹郎炯然一瘦鶴眸子清而光我忝爲長官性
不耐羈韁金魚換破紙相遇陳思坊示我一幅圖烹茶
爲評量飛泉豈無根雜樹儼生香圖中數行字感歎人
琴亡觸我失子痛清淚流淋浪君看耕煙翁脫身富貴
場與閶暫棲泊一諾千金償男兒重氣節淺語毋相忘
我豈知畫者詩又非所長特與耕煙翁舊廬鬱相望對
君長歎息荒我湖田莊

壬午

題蘇園清話圖

圖爲吳慎生舍人作以贈朝鮮使臣金益容蘇
園徐頌閣所居也

白髮蒼顏老秘書西園何幸集簪裾似聞海國稱三絕
未必吳趨盡六如 是日坐皆吳人六如居士吳中明賢唐寅也 題扇大書風
格古送詩小札角筒粗往來侍史喧騰甚應怪吾儕習
氣迂

近來鄒衍喜談天環海瀛洲路渺然不見異書終缺事
偶論丹訣亦前緣要知騎鶴方成道欲學屠龍豈計年

此是吾儕真實意未應藉醉愛逃禪

和任澹齋山海關見懷

渝關見月遠懷人行札封題意倍親隔海論交今有幾頻年入夢是何因（來詩語意）官因懶散常思退書爲遺忘不喜新欲識瓶生近來狀鴟夷猶點屬車塵

次韻殷譜經前輩適園飲餞

猋風三日黃埃飛海棠落盡春已歸登高極目愴我臆何況送客增悽其白駒已駕不可維祗有妙語相追貽玉堂金馬一場夢歸來荒徑皆茅茨公之新居亦復佳有琴有書朝夕斯隔牆醉呼潘太師潘公作相三十載

牛行宅第長乖離公亦出入鳳凰池三度京兆玉尺持
其閒簜節東西馳風霆獨立屹不懼　霽顏却荷　先
皇慈至今疏稿播海外侏儒覩象猶然疑適園春物何
芳非有酒湑我斟酌之柳條淡宕東風吹我已自歎白
髮稀況公梨顏胡不衰三天舊事不忍說賤子安敢贊
一辭澄懷巢痕先人栖覩見道光中葉時神龍在潛氣
沖穆　天語簡默精覃思國家景運開重熙蝨斯詵詵
行可期書齋㮣矱家法在如公坐講多所裨惜哉此願
今已違徒令後進生吁嚱此則莊語非諧嬉公今引年
豈病癰漢陰灌園且息機祝公明年當再來即不再來

亦甚樂四海識公霜鬢絲平生事君志勿欺進無所希
退奚悲長安一笑獨向西瀰飢不厭衡門低得閒還補
金鑾詩詩成寄我江南枝適園一夕德星聚吳門千里
城郭非何時更待歐陽危

題張勇烈公樹珊遺像

烈士世共悲州民我所獨嗚呼飛將軍遺此圖一幅感
豐庚申秋蛾賊徧南服我虞蕞爾邑蛇豕久窟族是時
金陵圍賊勢日已蹙謂當從上游次第掃狼福豈知兵
家謀碁局有反覆桓桓合肥軍萬輻輳一轂揚我江上
旌乘我下瀨舳徑登長沙尾直搗三吳腹我師固順動

妖燄亦反撲沈陷在須臾危哉一城哭張公從天來赴
擊一何速雨聲雜鼓聲雷電紛奔逐遊魂盪餘腥白骨
起再肉從此蘇與常乘勢若破竹公乎真健者百戰無
一衄何意西征師大星墮安陸燕臺六月雨苦霧正黲
黷空堂展遺像鐵色森在目猶餘颯爽氣懍懍壓三伏
君家好昆季分任古岳牧籌邊重良策不事鯨鯢戮庶
從根本地培養元氣復時危思鼓鼙世靖歛弓韣嗟爾
江鄉人神祠永尸祝

題馮尹平幽窖雪鴻畫卷

尹平名玉衡廣東人嘗從軍廣西為叛奴所訐

以爲通賊下刑部獄命王大臣會鞫無證從輕
戍伊犁其子燧光從出關已而燧光佐曾文正
幕旋授上海道而尹平已前卒燧光辭官訪父
骨得歸比歸至上海燧光亦卒疆臣以聞有
旨宣付史館爲立傳

寂寂圜扉老畫禪郎官竊笑吏人憐臺烏知赦渾難信
籠鳥驚秋耿不眠揮灑默傷天壤大弃藏分付子孫賢

皋陶祠下東頭屋記我連牀讀易年壬戌癸亥之際先兄在請室余日往來其中

亭林奚事怒沈河吳季徒聞出塞歌萬里尋親今有幾

隻身負骨痛如何完巢生死恩難報題墓榮哀事已多

兩卷丹青皆血淚勉承苦志莫蹉跎

題馮吉雲觀察藝蘭圖 馮為竹儒同年之弟

野人藝蘭一室芳士人藝蘭天下香一花已落一花起

看取君家兄弟行

君家昂昂兩名駒一談雖淺意有餘蘭兮蘭兮生有種

早晚擷取升天衢

陳公蘭甫已矣古經師灌翁老病畫亦稀君之二友亦吾

友荒江落月空愁思

送周子京 原祁 南歸

白雁黃花次第新開樽爲送暫歸人半生已老諸侯客
明歲來看上苑春腹有詩書鬚鬢古語多菽粟性情真
張王喬許通家舊（海州著姓皆先祖門下士也）消息因君到海瀕

題黃雪軒（光燮）畫冊爲徐頌閣（郙）時頌閣將赴皖
視學

從來高易詩人意不數縱橫畫史家幸有九峯老居士
能開五色筆頭花
識畫真如論將難萬人若箇是登壇閉門深巷無車馬
冷寫秋光獨自看
秋鴻社燕兩參差寒雨西風送客時誰續城南新畫社

野雲水屋共談詩宣南畫社

爲徐小雲侍郎題袁通甫先生詩卷用卷中蘇齋詩韻

冬官大夫殊錄錄日夕程書計版築不知古有謫仙人蛟澤藏名萬菰綠靜春堂集今再刻卷首題辭即龔璿此卷題者十二人鮮于黃柳善識真後來一王二吳字耿耿芒角星照晨遼哉大德迄正統呵護疑藉龍威神蘇齋論詩重骨節少陵涪州本無別黏雲白雁渺秋天第四樓高語淒咽當時嗤點豈無人衹與魚門瘦同說五研文孫今幾傳西塘遺搆猶巋然研亡人去書散盡

轉眼風燈又百年五研樓主人袁又愷乾嘉時吳楓橋中藏書家也即先生之後裔

虎阜到者少誰向赭墩來叩舷鯫生竊祿不知止愧嘗築室荒山裏嘉禾侍郎瀟灑人家有鴛鴦萬匯水同依魏闕說江湖側想高風一興起

癸未

招友人小飲有感

朝食千鍾暮一盂榮枯豐嗇有殊途困來瞌睡飢來飯爲問龐公著意無

孤軍誓死闔城知嗷盡鞋材與鼓皮幸有昌黎青史筆尚憐南八乞師時先兄文勤守壽州事

近局招邀得此鄰廿年重聚更相親鐙前各訝鬚眉白
怊悵應劉地下人是日松粹甫孫燮臣張子騰在座談及林錫三夏子松
今年以河流衛藏發策蘄得熟於地形之士
白紵青袍十八州豈無鷹隼出高秋書生能侈談天口
太息當年張石洲

題朱保之楓江感舊圖

道光庚子六月同穌侍大母避地於靈巖山館
蓋蔣氏墓廬也窮途棲屑全家獲庇其地在木
瀆去楓江不遠同治癸酉再往但見斷橋欹壁
而已因題此圖不勝感慨

胥江南去接横塘喬木雖留草已荒一樣大觀樓畔月
暫時分築讀書堂
萬事乗除豈可期君看雙相蔣家祠慈烏别有辛勤意
不論新巢與故枝
風雨全家寄一舟靈巖山館我曾遊兒嬉奉母前生事
秉燭秋堂涕淚流
用東坡中秋月詩韻送士吉姪南歸
士吉洵吉士顏臞胸鏡清三度來謁我不憚轉海行去
年棘闈裏細雨雙門扃今年城南居挑鐙賦秋聲子老
倦行役我衰玷承明征鴻與病鶴安得常合并相逢塵

海中一笑真蓬萍寄聲西北風爲掃萬里晴吾懷無寵辱世論有重輕且盡一壺酒眷然邱隴情

孫燮臣新得日本唐寫經欲以見貽次韻却之

天平書迹永徽人（天平年當唐永徽年）若較歐虞隔一塵佞佛夷風猶近古鈔經僧派屢翻新壁中鄭注知非僞火後秦書倍足徵（日本近用泰西法易衣冠焚書籍）闢道剖肝有奇士海東文獻未全淪（自改法後彼國有一士剖肝抱經而死）

悽絕趨庭問字人兒嬉掣筆已前塵雲泉遺笑詩難和渤海真書墨尚新（法華隨喜靈飛六甲經皆余家舊藏）頗愧鳳麟稱國士敢誇雞鶩作家珍孫郎帳下才如海漫道珠光易隱淪

夔臣再送次韻再答

落葉敲窗夜坐深挑鐙展卷重推尋等閒龍藏猶神護
一樣虬浮竟陸沈（琉球爲日本所吞）解劍君真豪士氣據舷我
豈少年心錦鯨還客非無意可使焦桐得賞音（卷經火）
況復君書致力深唐碑晉楷日研尋略參松雪神鋒活
兼仿天瓶腕法沈可是書生餘結習故知筆諫有精心
憑將一卷臨池訣付與官奴好嗣音（令子能書）

夔臣三以詩來次韻奉答

海外弓刀未解嚴東嵎雖遠若堂廉百家文字華夷雜
四裔衣冠寄僰兼（注日本所刊書皆以日文旁注近更冠服如西人矣）宋本幸留

公穀傳余仁仲穀梁注宋本在日本唐音誰補丙丁籤日本佚唐詩余有鈔本

區區翰墨渾閑事其奈憂時白髮添

自笑酸寒戒律嚴木名交讓水稱廉評量書畫風流在

愛敬朋儕道義兼投贈真同吳札帶庋藏還付鄴侯籤

公餘客退無多暇翻覺新詩日課添

瓶廬詩稿卷四

目錄

次韻贈克勤郡王
遊西山見寶竹坡題名因書其後
題徐花農琪璨閣玩月圖
題畫花果三首
見沈石田八椿圖戲摹一幀題詩次原韻
詠菜糊塗
題王麓臺畫富春山圖卷次張鹿樵丈韻
題蔣戟門先生遺像爲其曾孫汝濟丙戌
題趙次公學佛圖
題張雨生北墅主客圖

瓶廬詩稿卷四目錄

常熟　翁同龢　叔平

甲申

題十三行五本爲李蘭孫相國

脫盡町畦氣轉遒越州真影到常州荆川本從石氏本出孫摹纖悉畢合莫教錯認元和脚如此風神學得不右荆川孫文介二本

白玉能追碧玉魂環肥燕瘦不須論杭本有二白玉即碧玉覆本也漁人網得之說余嘗辨之西湖點篙不用鐵尖西湖自古篙無鐵安得蜂窩壘痕右杭州本

十九文錢字數行魯青裘手拓若林王藏人間合有淘

溝本怪底淤泥佛放光京師有淤泥寺幢

山陰筆陣是門風氣味酸鹹迥不同誰翦高家一海字

竟孱汝帖五行中汝帖中刻十三行止五行八十九字右淘溝本

客退空齋靜自娛又循霜鬢起長吁閒將識畫看碑眼

默數中州士大夫

題羅忠節公小象用左相國韻

書生殺賊自公開學道方知將師才完得平生忠孝事

漫疑失脚釣魚臺

題陳鴻文先生蓑笠圖

先生諱鴻字鴻文北山後裔魯山侍御之孫也

嘗爲翰林典籍明亡不仕有六十自壽集唐詩
一百十首七十如之弇雅倜儻有東林風氣圖
中題詠皆國初名流而吾五世祖蓼野公截句
一首在焉展拜悽愴敬題三詩

落木空山獨往時陶公遯迹已無詩試看百首唐人句
豈是先生自壽辭

麻鞵徧踏北山村桃澗東頭古墓門絡緯亂啼荆棘滿
不知何處葬詩魂

汝南清德媿前賢賫到城西屋數椽再拜敬題先友記
傷情二百八年前蓼野公自分守河南道裁缺後拂衣徑歸康熙丁巳戊午間正貧窶賣宅

時也敬按年譜有老友陳鴻文爲余孫作
傳之語繫於丁巳年下此詩亦作於是年

題張樵野蔭桓所收惲南田山水册

慧眼參將最上乘吾虞衣鉢有名僧惲爲諦暉和尚弟子高雲閣
上蕭寥筆回首湖山感不勝

若林評畫似論書苦道耕煙韻不如二老過江同一笑
風帆如鳥落潮初曾見耕煙海門圖與惲公同舟論畫惲詩有風帆之句

丁藏古籍雨生李藏碑若農君又能兼畫癖奇樵野喜聚書帖并能畫蓋
兼二公而三之一篋雲煙九萬里歸來龍氣尚淋漓樵野以蕪湖道留評
署加三品卿銜將出使外洋

彰義門外南泡子荷花最繁子密作圖乃名寶泉

河題奉一笑

巴溝荷花比隱士走馬來尋泥沒趾南泡荷花如酒狂
唐突游人倚窗几巴溝不及南泡幽但有荷花皆可喜
彰儀門西古城角傑閣無名就傾圮袁公（小午侍郎）作堂我
題榜愛此清泠半灣水後來裙屐日喧闐我亦罷游經
一紀錢公觥觥吾輩人不樂紛華樂貧仕乍晴急雨偶
然耳偏有長歌詫新美新圖題作寶泉河令我推尋肚
畫指譬如熟客換生名對面相看尚疑似今年閏月熱
頗早已有青錢點溪涘公今不惜酒杯勸我亦重游續
前軌蓬萊方丈五雲閒白舫烏篷照金紫西江千頃未

足談何況區區南泡子

竹瓶歌爲徐生琪作　瓶爲徐生六世祖文敬公潮所製茲以拓本徵詩

傳衣詎爲榮遺笏匪示夸烏乎孝子心百世長咨嗟徐生東南彥牛行舊人家當時清風堂照耀浙海涯長淮萬丈隄驅走龍與蛇至今浮山祠社鼓驚神鴉偶然留竹瓶篆刻細字斜清名重宇宙妙製翳塵沙徐生得之泣謂是神貺加不敢屢搴拓恐失匏樽窪嗟余久廢學題詩目昏花慼生述祖德新君發舊槎要從根節起養到枝杈枒立身惟勁直守口避譽譁鐘鼎君家物豈徒紹清華

題吳禮耕遊迹圖爲心穀世兄圖凡十二幅

俗儒讀書仕進機通儒讀書知者希深山陡壑人迹絕中有崧櫪大十圍東家駿駒墮地肥西家鶴雛刺天飛蕭然一翁獨何事二十五年窮不歸論文校藝古云樂柰此南國多旌旂當時士氣貴沈靜豈肯挾策干彤闈盧溝西行具驂騑太行山色沾人衣衙齋菽水足淡泊醞釀花國開芳菲先生作圖止於是令子抱畫長歔欷冷官倉曹不療饑但見空室垂伊蝛白頭郎潛君莫歎（心穀由部司務爲倉監督）君有後起來頎頎秋堂如水暑氣微蓬蒿作花晝掩扉我官禁闥二十載孤雲獨鳥無因依却有

一事生悲睎亦如先生志願違倚空長劍星斗活渺彼
螟蛉與蜾蠃從軍之圖我所喜酸寒一洗儒冠譏

題錢磬石先生冷齋勘書圖

我本海角人少遊浙海涯稍窺振綺堂亦過別下齋獨
我丈人行緣疏一面乖海昌故學舍修葺雜高槐不足
容軒車頗容百籤排晚節遭寇亂扁舟落江淮船頭置
圖書柁尾載米柴雲山浩無窮寄我萬古懷寂寥風雨
晨雞鳴聲喈喈
家世事詩書父兄有遺言慎守冷官風毋改雀羅門近
者通賓客頗聞車馬喧典衣買破書欲讀席不溫老眼

艱識字況乃性道尊莫言客不來客至我踰垣俗客我
所畏嘉客苦我煩千章杞梓林何處著窮嫠永愧鄉邦
人著書老邱園
錢君歸奉覲𥡴秕視通顯少年逐文字知君蓋已淺謂子
年留同貽我甘泉稿再拜淚涕泫侑以衎石集苦道讀者
尠二書信宏博所得在實踐儒林與文苑史筆強分辨
先生與衎石翁事蹟著述並付史館要知忠孝性一行貫百善世無頤性
老斯義孰與闡卓哉冷齋題足配徵峪扁衎石翁有徵峪齋扁

題陸方山潤州論詩圖爲其孫鳳石洗馬

冷官詩人如瘦鶴咀嚼冰霜睨寥廓可憐烽火滿江紅

猶抱危巢牢著脚意茗之集我未見方山先生有意茗集敢以庸虛漫忖度要知畫裏本無詩縱欲談詩何處著遺詩琹木畫藏槖兩世龍門得付託當年海嶽米家庵今日青藜天祿閣幅巾逍遥一笑樂亦有新篇互商略青絲絡馬退朝人麗句雖多筆鋒弱是日霜寒風隕籜紙窗竹屋深帷幕酒醒忽憶好江山鶴去城空人寂寞

克勤郡王屬題張子青畫

直廬鐙火夜沈沈走檄飛符計晝深誰道東華門外路退朝有箇老雲林

朱邸清貧莫與儔買書往往典貂裘尋常鑒畫談詩訣

已較時賢勝一籌

乙酉

放生池僧以秋花子三種見贈

傲他青李與來禽分得禪房數粒金一種嬌黃好顏色

不知可有向陽心 秋葵

弱比凌霄輕比霞圓於金彈薄於紗莫教錯認鐙籠錦

臣里原無進御花 鐙籠花

簌簌清陰數寸長居然七月弄清香人間多少南柯客

才見黃花便著忙 江南槐亦草花也

題恭聲雲鎧蕪湖送別圖

投紱緣何事扁舟今已歸旌旗空杳杳草木尚依依江
水無情碧閒雲自在飛寄聲諧父老苦淚莫沾衣

聞道霜臺使鋒車號令宣頻裁雒陽賈頗治潁川田摹
帖量官燭槧書損俸錢平生豪宕氣肯泛五湖船

斗絕鳩茲縣雙磯我所經甍船高過屋鐙塔亂於星此二事西人新立
關卡人聲雜魚鹽市氣腥可憐江渚月高詠竟
誰聽

屬爾一樽酒銜門且息紛岑參好兄弟李廣舊將軍君兄振夔將軍方以疾在告
並轡尋春晚連牀話夜分行藏吾道在此
事總浮雲

題畫鷹

不羨雕籠與錦絛迥然獨立似人豪莫矜畫壁森頭角會見雲霄奮羽毛鐵幹自撑知勁骨玉輪無翳鑒秋毫畫有松月鑪煙不動槐陰靜閒看風前燕雀高

題徐鐵孫年丈榮詩縣令圖為其孫石甫農部

落落斜行墨未乾相公真不厭酸寒阮太傅書札呼丈為詩縣令因以作圖禮堂弟子孳經手却費千言釋縣官卷內有作縣令解義者

亂鴉灌木擁祠門丈於漁亭戰歿建祠於此過客來尋碧血痕自古詩人本忠孝九歌第一國殤魂

後生未及拜詞豪喜見孫枝百尺高海內盡知詩縣令

更無人識冷倉曹石甫名麟光戶部郎中曾攝坐糧廳監督

四月直西苑長春書屋與松壽泉少宰詰衞藏形勝少宰索詩因題其扇

西掖通青瑮南臺倚紫微鷗分經士席花拂侍臣衣朝散驕鈴臥時平羽檄稀側聞閱雨詔猶恐一民饑時正祈雨

萬里西南使歸來鬢未霜眼空蜀山碧身帶佛雲香舊迹曾聯步曾同充起居注官新班又綴行隔橋人指點三鶴立長廊

次韻贈孫燮臣

吾愛孫夫子清談動入微晝眠時隱几風坐屢添衣海

國兵初罷畿畺雨又稀司農慎金穀第一恤民饑
白首論昆季相期耐雪霜山薑餘辣性圃菊抱寒香講
職叨聯袂經師敢抗行吾衰多闕失何以立朝廊
四月廿三日西苑和變臣韻
玉輦躬扶灑掃親六飛遙遞度重闉儒臣退食渾無事
只有詩篇日日新
蓬壺樓觀湛虛明中有仙禽相和鳴一草一花皆可敬
九朝雨露為滋榮
回首西清一夢中漫將衰筆鬬清雄子雲久薄長楊賦
敢草新銘篆絳宮

十載横經玉案前清班猶得列羣仙傳柑賜葛年光迅
更看荷花六月天

次韻贈壽泉

橐筆朝朝講幄親臣居只隔鳳城闉鑪煙不動槐陰轉
静裏工夫有日新
經術商量大義明吾儕求友重嚶鳴賞花垂釣尋常事
漫說儒生稽古榮
威棱端在撫綏中清到無塵氣自雄無數羌戎爭控馬
願留玉節梵王宫
却俗軒臨菜圃前鈔書讀畫小神仙何時同泛昆明櫂

一看西山雨後天

題張子青爲松壽泉畫扇

白髮江南舊使君詩篇酒餞意慇懃故將筐裏絲綸筆
閒寫江天錦繡雲

南宗蕭落北宗多其奈當時贋本何無數雕華秋色卷
幾人能識趙鷗波

三年持節走鋒車看遍蓬婆塞外花壽泉嘗爲駐藏大臣一角蜀
山黃似赭不知何處是金沙

奉　敕題克勤郡王畫蘭扇恭和　御詩韻

大智無偏好天心自右文偶然論畫理隨意寫幽芬書齋

餘暇寫蘭口敕親藩奉心花妙筆紛一揮煩暑退奚事詠南薰

本是江皐種孤芳託主知素心常獨抱介節敢輕移風露滋培處庭堦秀發時有言金可斷願繹聖人辭

又題二首

畫史徵遺獻三吳有沈周文徵明寫生能得趣潑墨並流芬真本臣能識浮談世自紛近來王惲輩亦頗藉陶薰

曲藝猶如此論經更可知義名當細剖師說未容移虞鄭分箋處詩騷並引時謹案蘭即蕑又通作蓮凡經傳蘭字虞鄭皆訓香草即藥品中澤蘭非今所謂建蘭蕙蘭也聖功超訓詁漫補白華辭

題扇贈啓穎之侍郎秀

玉署聯班日霜臺接迹時葛公惟謹慎揚子好覃思帝

簡隆三錫皇華賦載馳陪都根本地民俗要維持

渺渺渝關路征軺幾度經白榆前後所紅草短長亭馬

汗知沙輭裝輕任雨零廟堂須杞梓遲爾侍天庭

去年慶邸爲子騰畫扇今日展視乃極似南海直

廬次韻題扇背

曲徑通瑤圃高齋坐翠微石森松擁笏苔繡壁生衣池

上逍遥慣花閒來往稀朝朝分玉簑爲念侍臣饑

誰寫蓬壺景居然葉帶霜好詩先有兆宿墨尚餘香邸題

詩似爲今日發本具煙霞興應陪劍履行敬承天語重且莫走
風廊予騰在告屢蒙垂詢命勿入直也

次韻贈博多羅噶台親王

朔部隆藩翰中樞翊太微鑣聯驂乘馬汗溼退朝衣遮
迥形扉靜傳宣玉漏稀十圍稱腰腹應笑腐儒饑

回首先朝事相從已廿霜鄰難同血淚宛轉有心香何
意龍鸞侶還聯鵷鷺行菌憑聯坐處忍憶殿西廊同治年間
與王同在弘德殿

次韻贈慶郡王

朱邸新開府今年晉封聰明妙洞微家家畫團扇字字繡弓

體國謨猷重憂時笑語稀雲
衣詞翰之妙海東知重王時總理各國事務也
帆齊轉海差喜慰輖饑海運放洋賴王籌策
一揮三十幅寫徧洞庭霜筆勢萬鈞重墨花五色香瓊
瑤應接席紫瓊瑤華道人王石谷惲壽平儼分行更乞華雲手來圖
緣意廊北海直廬在緣意廊

次韻贈克勤郡王

一身通六藝力學得淵微餘事能穿札新恩重賜衣得大
卷賞金門從昔貴珠履近來稀應有逢蒿士栖遲歎療饑
妙絕論詩畫甘如啖蜜霜籤分南北派帙有宋元香欲
乞圖三丈兼題墨數行他時虹月影照我小篘廊

遊西山見實竹坡題名因書其後

衮衮中朝彥何人第一流著茫萬言疏悱惻五湖舟直諫吾終敬長貧爾豈愁何時楓葉下同醉萬山秋

題徐花農琪璵閣玩月圖

名流遠想萬松堂近代惟聞戴鹿牀（兩公皆有監筆畫）難得風簾官燭下一時二妙說徐黃（分校黃枚岑編修彝年亦工畫）

清秘槐廳溯舊聞幾人攜幼陟青雲十洲同看今宵月獨許臣家有二分（姪孫斌孫亦充分校奉特旨毋庸迴避異數也）

老來已覺筆頭乾慚負參詳文字官畢竟愛君是蘇軾解吟高處不勝寒

題畫花果三首

便應化作菩提樹刪盡纖纖十指奇曾見天題鼻功德

乾隆御畫佛手上題鼻功德三字 人閒豈合再題詩 佛手柑

南方草木皆奇特獨有枸櫞近合歡幸有天生味酸澀

不隨梨橘薦春盤 香圓

孤幹單花瘦葉柔春風開後又開秋蘪蕪本是江南種

不傍温州與建州 秋蘭

見沈石田八椿圖戲摹一幀題詩次原韻

卌年住京師歸老無一莊喜此蝸牛廬安我折脚牀平

生嗜沈畫擬築耕石堂 瞿忠宣有耕石堂 不愁四壁空但愁鵝

絹長蕭條八椿圖禪房豔秋霜上題一篇詩出入蘇與
黃月澗爾何人沈爲月澗和尚作茗椀得共嘗惜落俗子手摹
本多尋常我畫作矮幅蘭亭縮鐙光幽處自展看不付
人評量

詠萊糊塗

江淮閒屑麥和萊入釜調之曰萊糊塗　先祖
在海州時舉家所常食者同穌熟其名而未知
其味一日夔臣以此見餉既薦於寢追憶八十
年舊事感歎不已

再拜驚呼麥一盂老來才識萊糊塗海州學舍齋廚味

柔滑香甘似此無

一飯艱難世豈知當年豆屑雜麩皮道光三年吾邑大水母執爨以米奉大母而全家食糠覈孤兒有淚無從灑不見耶孃喫粥時

隔巷孫兒德有鄰炊藜餉我倍情親夜長月落尖風緊

多少窮擱忍餓人

題王麓臺畫富春山圖卷次張鹿樵丈韻

張鹿樵先生　先公執友也嘉慶丁丑庚辰閒

先公在京師過先生邸舍無虛日道光戊戌

先公歸養而先生病已不起其後書畫散落

此卷自怡悅軒記中所不載蓋記成於道光十

二年此卷得於十六年也今年六月見於廠肆

遂以工部飯銀三百收得之

嗚呼先友久凋隕洛社荒蕪少微隱北門半野舊山莊
修竹高槐今已盡掃花庵主古仙伯丞相家風渺忽蕩
畫禪參透董華亭子畏衡山太苦窘我生愛書兼愛畫
不惜傾囊與倒囷亦曾隨俗說三王終以司農作標準
一朝覯此富春圖重是瞿木夫以贈鹿丈張舊藏本炯如塵海
遇仙真快若晴空下秋隼市兒豈識伐檀意酬以兼金
苦不允忍飢且買好雲山安用緘題密且縝賦詩敬告
鹿樵翁並爲後生作喤引

丙戌

題將戟門先生遺像爲其曾孫汝濟

公子承華日熙朝最盛時國恩勳爵椽家學畫書詩玉璽常蕭散金魚互委垂等閒一幅絹亦足繫人思閩道長安邸西臨淨業湖紅雲蓋明鏡碧玉浸方壺畫舫家家有珠簾面面俱即今鄭公宅無路賜臣譽百卌年中事榮枯豈足論題詩多老輩贖畫有賢孫清節衣冠古高門草木尊治家如養氣息息要歸根

題趙次公學佛圖

丙戌夏猶子鹿卿攜次公學佛圖來中元日大

雨獨遊城南招提衣袂盡溼歸而書此以寄次

公知余此情也

鬚鬢昌丰眼有棱豈應危坐學山僧魚肥稻熟花豬美

如此參禪我亦能

聞道腰圍減已頻黄金揮盡不言貧世間佛子多於草

愧爾權奇倜儻人

次公不見苦相思笑我虛勞遠索詩我卻偷閒看花去

放生池上雨來時

題張雨生北墅主客圖

此卷庋余篋中三年矣丙戌雨生解黄絲來京

師相見甚懽然未嘗索及此也歲暮檢書忽得
之旣念良友合并之難復感兩生不索之意因
盡和卷中三詩一懷亡友一寄炎公最後一首
乃與兩生相酬答耳
今歲忽已過來歲又逢閏嗚呼三閏中人事太飄迅悠
悠我之思耿耿如疢疢此語當告誰何苦相問訊墓銘
三千字一揮吾弗吝譬如籠中鶴悲吭有時振惜乎塵
埃中得此時亦僅世人不識我疑我筆頭慎嗟嗟楊夫
子風昔我交親白頭早汗青短晷敢閑招謂濠叟墓銘久而未就
昨得山中書炎公苦肺疢戒酒與學佛兩事并蕭瑟我

今習跪拜真氣入腰膝轉輪朝三三繞塔夜七七雖然骨髓枯健步固無匹平生故人心苦語要規切養身如養兒一事莫輕率凌霄亦已花娑羅亦已實勤沽北市酒此景不可失慎汝醫與藥餉我棗與栗期我三年歸今年歲丙戌寄次公

張君淡蕩人於俗百無適城南覓握手今夕是何夕藏君詩與畫三載負諾責對面不索還此意真莫逆我生如寄耳風斷雁行隻緬思十年事時日歎虛擲匡衡不抗疏賈生未前席矻矻老蠹魚依依守故籍君看北墅游俯仰已陳迹能來守歲否就我東華宅贈雨生

丁亥

乙酉三月當塗人於龍山麓得古墓有鐙檠瓦缶數物殘碑孟字可辨一時傳會爲孟嘉墓物既散失碑無拓本頌閣侍郎得殘甓有文曰鳳皇三是爲孫吳時墓安得云孟嘉哉侍郎以拓本見貽題三詩於後侍郎贈余一瓦冢白質無釉古拙可愛

江東王氣已成煙石印銀符總可憐或者蘭臺東觀令低顏竟刻鳳皇甎

試院重門日日扃隔城愁見遠山青何緣覓得孫吳鳳壓倒南朝瘞鶴銘

紛紛傅會不須論冷笑西風落帽痕姑熟龍山有孟萬年落帽石一字殘碑何處訪亂雲黃葉孟家村

題白陽山人畫冊

空中無色色原空妙具清涼十種風去年夢中句領略白陽真意思千秋只有馬寒中馬思贊字寒中一字南樓海甯人善畫蟲鳥亦能山水精篆刻其弟翼贊字寒將畫筆秀潤有寶穎堂詩集雍正中名流也此冊有寒中印漫記之

端日朱書虎字於扇漫題一絶

紉具食牛量壯懷飛兎奇養身當養氣慎勿學狐疑

題黃孝子尋親圖

此尋親圖真蹟蓋自沅靖粤西之界特入黔地

以達大姚者也余見此圖多矣皆僞本此獨筆
力蒼堅真氣填塞展閲起敬卷後十五齡童子
所書尋親記與知不足齋所刊小有異同
涇盡行縢踝血痕蠻天龍虎亦銷魂叩頭無語匆匆去
漫戴吾頭過棘門

羅烈婦詩

湖北宜昌總兵羅措紳號芴臣本姓賀復姓羅
以其子婦殉夫請旌寄書徵詩遂書一首於冊
昨得江上書淒風颯盈紙哀哉乘鸞仙竟殉鳳雛死成
仁亦何憾一昔千古矣惟有重闈心過時悲不已桓桓

羅繐戎忠孝固無比上書乞復姓吏議梔中止吾嘗與之言清淚瀉如水終邀帝天鑒感激雜悲喜白頭奉阿母富貴真糠秕有蘭生庭階芳華蔚然起不隨時俗好翩翩事書史謂當成偉器唾手拾青紫奈何初發軔摧此驥千里蒼蒼夷陵山中有木連理長條既萎折柔枝失因倚從容閉閨閣閟默弄刀匕甘裂九迴腸萬古瞑不視褒揚朝有典驚歎野有紀宜從秭歸峽往配孫妃祀羅君至性人式穀固應似我作烈婦詞用以代銘誄

臨金吉金畫僧獻月下門圖

精盧一角占山郵時有幽人來叩門莫泥閬仙舊公案

老夫詩畫本無痕

題趙四體千文拓本

丁亥十月與白松泉夜話松泉出其大父蘭巖先生舊藏此拓相與贊歎前後經先生手跋復有壽陽相國題識洵可珍矣不佞嘗追隨先生於書攤畫肆忽忽三十年今乃獨與松泉翦鐙對坐嘻可慨哉然他日與先生之宗者松泉也書此以爲左券

三體石經後誰歟筆勢雄人知鐵門限我羡水晶宮名集留長慶遺書付小同青雲無限路拭目望飛鴻

三題天瓶金書普門品經冊仍次前韻

士夫開口說歐羅，藁邸還成相見坡。龍象已荒菩薩睡，筆頭無补可降魔。

左藏金錢費億千，搢紳無事且談禪。濁河波浪掀天惡，此是東南再厄年。

題自畫草堂圖

夢裏新添竹數行，城西聞有小茅堂。他年炒豆呼村酒，莫忘官廚臘粥香。

徐小雲侍郎屬題湯貞愍三檜圖 圖爲千波徵君作，蓋祝其七十壽者

道人胸鏡已超然，何事圖傳海屋仙。吳仲圭有此圖壽九十二翁陳海屋

多少世間閑草木，自榮自落自忘年。

槃槃真氣壓乾坤，三槍長留鐵石痕。我有乘鸞白團扇，

風流還憶舊王孫。余藏貞愍畫插花小影

姓名未肯挂朝紳，第一清才是隱淪。繙遍江湖高士集，

千波渺渺爾何人。千波微君竟未詳姓氏

琴隱園空水竹荒，行人繫馬一徬徨。歎行小簡千秋筆，

只説杭州戴鹿牀。小雲來札謂貞愍畫品與戴文節並重此史論也

戊子

題陳章侯畫博古牌刻本冊為黃小松故物戊子正月收得之

長嘯江潭有餓夫低顏來對牧豬奴不知十萬腰纒客
可抵三酸博士圖
桑孔區區言利臣陶朱猗頓善謀身可憐寒乞書生腹
公輩能容數百人

題銘鼎臣同年安養年別墅圖

戊子三月十七日雨中過鼎臣同年養年別墅
海棠正開飲於花下抵暮乃歸明日爲題此圖

次鼎臣韻

與君相從何所似駿馬聯鑣鴻雁起傷心莫賦渼陂行
投老聊尋鐵溝水珠茵繡幰馳華轂洛陽名園公與侯

宮花寂寂無人問禾黍離離知我憂（別墅距南淀二里）一邱一壑君能有且斫白魚買村酒韡冠籐杖試行吟落日孤雲重回首六年邊塞志匡時世上紛紛那得知金城三對皆長策上郡孤軍是健兒白頭我亦嗟憔悴堆案文書無處避偷閒飽看海棠花不惜歸途逢醉尉

題銘鼎臣扇三絶句

萬綠叢中點一螺此亭真是小盤陀名園多少看山閣其奈青山偃蹇何（此園無牆）

蒼莽羣山接大同龍沙雁磧渺難窮莫嫌一角溪堂淺容得人間萬里風

日日朝衫倚畫船鬢絲慚對鏡中天偕君縛竹三間屋
著我看花雨散仙

畫木筆花次陳白陽韻即題詠春姪孫扇頭

老夫綵筆今憔悴喜見家庭蘭玉姿贈汝一花還默祝
明年爲汝倒金卮

秋闈憶斌孫南中

一笑秋堂再到時酒樽畫卷懶重持夜闌雨過寒蛩歇
誰和先生翫月詩

題錢籜石闈中畫蘭

翼彰前頭指使星秀州太傅舊頻經乾隆庚午錢文端再典江西試寄籜

石詩有悔不重遊廬阜邊之句廿年重續金哥夢錢文敏主試江西人夢今年金哥哥來金哥者金戈也老桂高梧覆鏁廳

風簾三度燕還家篋裏常攜潑墨花牆粉尚新釘眼在不須頻試玉鵶义余三次入闈皆住聚奎堂之西屋此畫亦三懸壁矣

重九前一日用壁間韻酬星叔大司馬

莫因文字締交深　天語森嚴重鑒臨通識豈無朱竹垞微言况有顧亭林乘車戴笠前盟在官燭風簾舊夢沈記取白頭老兄弟酬知各勉濟時心君爲先公所識拔餘亦辱文恪公之知垞字古讀作入聲故借用可笑可笑

次韻再酬星叔

君能繼武真王輩我坐論兵似顧臨豈意白頭同典校
敢言倦羽早投林脫巾走詣晨餐廢挾卷商量夜漏沈
太息醉翁門下士要知叔弼久傾心

官轍聯裾結契深璪闈何幸獲同臨雄篇端合稱詩伯
真鑒還宜式藝林遼海舊遊懷悱惻河湟坐定勇深沈
明朝放榜蕭閑甚誰識吾儕仰屋心

九月十二日填草榜畢口占

蠟燭燒殘夜已深海棠梢上月來臨唱名錯認登科錄
程墨真慚著作林比似飛花爭上下居然剖竹聽浮沈
酒醒夢斷知何處銷盡青衫獨客心

題王椒畦畫册光緒十四年除夕於景運門外朝房得此因紀二詩

鐙火黄塵九陌闐峭風薄冷逼殘年消寒韻事猶堪紀尚貿朝房買畫錢

易畫軒中老畫師先人氣誼最相知湖山中有淵源在想見金陵寄扇時椒畦先生與先祖爲乾隆癸卯同年交誼最篤甲子秋先生在金陵寫梅花一枝寄先祖於海州至今珍弆此册亦甲子年作

瓶廬詩稿卷五

目錄

五月二十五日聚奎堂刻題口占用前韻

酬柳門侍郎論書仍前韻

己丑七月麟芝庵得品字蓮一苞三萼亭亭秀絶賦此貽之

濱石楊先生余執友也己丑七月余假歸省墓比至里而先生歿已七日拜瞻遺像詩以哭之

題吳清卿臨石田張公洞圖和石田韻

己丑八月宿次公非墅重觀樂賓堂圖因題截句

吳又樂名父以先世橙齋公種菜圖冊見示敬和冊中原韻六首

己丑八月訪桂鄧尉宿還元閣許受之以尊甫覓
舟翁東籬中正圖付諾瞿上人屬書數字旣感其
意又待月默坐因成三絶

華邃秋畫

趙次公藏蔣山堂書肇公非不空論寶藏論卷屬
題天眞野逸四字於其端而已有六舟隷題乃書
於後并系一詩

題趙价人扇

題胡息存臨爭坐位遺跡

題補籬種菊圖

題揚濠叟詩冊

小樓默坐風雨蕭然示蒓卿姪

有人贈桂花一枝龍眼廿枚

贈吴秋農畫師 穀祥

次韻趙次侯 宗建 送行之作

重九遣興用前韻

爲顧𩔰民題王蓬心瀟湘圖

三題章侯畫博古牌刻本次前韻

庚寅元日爲徐筱雲題石谷松竹長卷 庚寅

題自臨錢叔美五柳先生圖和陶歲暮與張常侍

詩韻

金壽門秋林月話圖師六朝人筆意錢叔美稱其古雅簡厚今從錢本摹一紙

己丑秋暫假歸里同人觴之於虛霩園蓋曾氏之園也明年春君表奉其曾祖勉耘公歸畊圖遺像求題敬次　先公韻二首君表將歸即以送之

題錢子密甲申年極樂寺看海棠圖

庚寅五月閱國子監學正學錄卷用壁間韻呈蔭軒協揆

謝崇受之贈蘇齋寫明人詩

小詩代東呈銘鼎臣同年

摹黃小松載書圖即用原韻送姪孫炯孫南歸

題歐陽文忠公像

爲董子珊太守毓琦題董思白陳眉公小像卷

題台州臨海縣宋徐貞定温節父子墓圖爲楊定甫侍御并呈其尊人友聲先生

題林錫三閣學天鱗遺照

爲錢子密應溥題吳仲圭竹譜敬次其尊甫韻

敬題　純廟御畫石芝圖

題張南皮畫冊

題陳章侯三友圖

矩門丈招飲西城圓通觀出示先德禹民公臨懷仁聖教序敬賦

題羅兩峯梅兆育麟圖 辛卯

元夕題陳章侯畫博古牌刻本次前韻

臨仇十洲畫重游赤壁圖

題蔡松甫 右年 勘書圖時松甫將之官蜀中

以素箋乞得南齋諸公詩畫因題短句

題陸小石靈峯探梅圖

題沈小梅誦芬詠烈圖爲梅孫方伯

爲孫駕航楫題崑崙關題壁圖即送其之湘臬任

用前韻呈駕航京尹

遲盦見和題崑崙關圖韻述先世舊德循覽泫然次韻奉酬

遲盦和詩再來而駕航以京尹内召聞尚在天津也喜而有作

遲盦三疊韻見示益進而語益奇不覺歎服呼余曰紫芝主人又不禁失笑也勉率攀和謝不敏矣

題成哲親王手書五十生辰賜物單

辛卯臘月十九日蔭軒協揆邀同人作坡公生日

文卿同年奉荼陵相國像至未暇展拜也敬賦二

詩和蘇齋老人韻

雋航次崑崙關圖韻見示走筆奉和兼呈老遲㝷辰

題舊藏杭大宗詩畫冊

閣中望雨呈祁子禾丈用壁間韻

遣興

禾丈示詩奉和一首

贈霍慎齋同年

贈李苾園閣部

再簡慎齋

鰣魚和子禾丈

青來爲我作璅闈玩月圖䆒秋題詩渺然有湖山之思時方校閱未暇奉答放榜前一日次韻以發一笑

題吳憲齋等五人畫東坡事蹟圖用東坡送周正孺帥東川韻

壬辰九月廿九日與汪能亭侍郎奉派武殿試讀卷官同宿内閣直廬能亭以玉照屬題率賦此詩

題孫遲庵藏天女散花圖

壬辰十一月廿日與族人朗生翦燈話舊兼及盤

卡各事慨然而歎因賦一詩

題祝枝山書樊毅碑華山碑

去年題壺巢崑崙題壁圖以靈字韻往返七疊今

樵野以運甓齋圖屬題置案已久承用前韻催索

漫題奉教

瓶廬詩稿卷五目錄

瓶廬詩稿卷五

常熟　翁同龢　叔平

己丑

題徐亞陶青陽盦雨香室圖

圖作於道光乙巳亂後失去後重得之亞陶有詩紀事圖凡六人亞陶其一也

我昔乘月過秀州叩門一訪煙雨樓不知青陽在何許
大橋夜市燈火稠十餘年來塵土窟清夢不到鴛湖頭
亞陶詩翁忽過我舊圖一卷君新收圖中之人我所識
張老八十清而修叔未先生道光咸豐歷同治逮今光緒卌

四秋當時君年最英妙松風一弄聲颼飂白頭感舊語
悽惋幸有老筆騰蛟虬惟餘一字費攷訂廖義於古等
獻酬冷謙文璧有成例後來邑乘恐謬悠（君初名藹謙此圖既入邑乘則此字當訂正）京華新歲百祿犇賀春車馬紛如流雪花掌
大塞荒屋我獨挾策頻呼嘤側聞士夫重新學欲以飛
軌通神洲青牛入夢廢僧閣仁心義問今有不（叔未記云明僧因梓樹入夢遂廢斧斤）慧公古井亦奇絶我雖不食心煩憂斯圖
珠還等閒耳要復民氣嗟何繇我爲高官百無補短句
敢附詩人傳喜君未老我亦健歸時重作青陽游

己丑正月得汪文端碎錦書冊因題短句

三十年中侍紫宸雍容無愧五詞臣要知走檄飛書手
半是鳴鑾珮玉人
詩片南齋紀事多當年舊式重摩抄無多官拓時晴帖
時晴齋帖係官刻未抵家藏碎錦窩
靜以修身儉養廉知公家訓本精嚴影堂像設終無益
積德傳經任要兼

題康熙舊繡册

册有國初人題字己丑正月收得因鈌題字二
葉補題二詩
聖世原無獻瑞書玉芝隨意長庭除敬從光緒當陽日

追溯康熙郅治初今年二月三日上親政事海內稱慶
錯認猩紅染畫屏幽花瘦石太伶俜自憐紫鳳天吴手
閑看牽牛織女星

已丑二月偶見文文水龍舟圖發興摹之既錄原
詩於上并和一詩文作於沿江旅次吾意乃在東西洞庭
具區三萬六千頃容我山椒著一村小拓軒窗臨絶壁
更栽桑竹滿平原瓊釃詎起湘纍魄玉磬難尋學博孫文氏今
式微從此入林甘寂寞尚嫌簫鼓隔江喧

重題章侯畫博古牌刻本次前韻

已丑二月九日得章侯爲豫和尚畫八葉喜而

賦此

突兀蕭疎有此夫琅華二水總書奴雲寒雪薄春風厲

忽憶吾家三友圖（章侯歲寒三友卷先公所賞今在南中）

吳山道觀有遺臣白髮黃冠畫裏身忘事已多繙閱嬾

不知老豫是何人

己丑五月閱考試中書卷呈徐李兩相國用聚奎

堂壁間韻

回首西清歲月深璅闈何幸又同臨倦飛卻接鵷鸞翼

衰朽還依杞梓林醉罷評文書字大夜闌選卷篆煙沈

林花落盡朋遊少惆悵楊園話舊心

五月二十五日聚奎堂刻題口占用前韻

鐙火蕭條夜已深此堂强說舊登臨似聞滄海無遺璞或者禪枝有別林世上雞蟲爭得失眼前朱碧眩升沈鳳池會有夔龍業看爾扶搖萬里心

酬柳門侍郎論書仍前韻

近時隸法道州深越騎公方銳意臨每恨世人矜筆陣更嗤帖賈炫碑林奴書愧我豪端弱能事輸君臂力沈同展黃封題目以黃紙封下賸 聖藻敬從羲畫見堯心

己丑七月𪊲芝庵得品字蓮一苞三萼亭亭秀絕賦此貽之

一花三萼兆三台學作三三九品臺從此化身千百億
是三是一總如來

吳人好事說方蓮吳中近有方蓮花絫辮而正方窊蕊重臺面面全我
道不如虛一面好花何必十分圓

豆棚茅屋野人家讀畫談詩到日斜天上紅雲看徧了
今年西苑荷花極盛不知世有妙蓮花

濱石楊先生余執友也己丑七月余假歸省墓比
至里而先生歿已七日拜瞻遺像詩以哭之

天風送我歸七日飆輪馳奈何故人面靳此須臾期入
門一長號瓦燈映練帷更讀別友詩令我摧肝脾嗚呼

我與君交情同漆黐我氣盛如雲君慮密於絲持此兩相濟亦用相箴規君爲文章伯出入鳳凰池至今禁扁字照耀三殿楣我忝講讀官謬領金穀司耽耽千柱宮縛蒿豈能支昨來西山廬倦鳥一脫羈小憩對好山栟櫚綠差差君今翩然來照見鬚與眉十年不見君玉色何豐頎我有望溪文亦有東洲詩更有千萬端就君決然疑君胡不一言慰我無窮思大化自旦暮乾坤尚瘡痍嗚呼我與君生死從此辭

題吳清卿臨石田張公洞圖和石田韻

余得石田張公洞畫卷以爲奇蹟不知真本乃

在清卿處己丑八月暫假還小飲次公所徐翰卿以清卿臨本見示并索題句因和石田韻以發一笑

吳山不能飛鑿空自成靑蕭寥善卷洞奇嶮天所牖炯從九幽底照徹八表晝我得石田卷蓄在丁亥後好詩并奇畫巧與山靈鬪不謂天地閒妙手真善攫哀哉鄭州水萬楢不及救蛟龍雜人鬼混混併一溜吳公從南來玉色爲民瘦豈如五羊城亭館蔚深秀晩衙散弓刀書几出巖竇想見落墨時鄉心肇端逗（清卿作畫時尚未奉河督之命）我來北墅游偶與徐君遘徑將畚畫溪侑我醽醁酎卻

望古汴城一杯爲公壽

己丑八月宿交公北墅重觀樂賓堂圖因題截句

舊山樓下蕭蕭雨七十年前古桂香相與披圖溯遺跡更無人識樂賓堂

吳又樂名父以先世橙齋公種萊圖冊見示敬和冊中原韻六首

滄江一臥布衣尊歷歷參旗近可捫手把犁鋤長歎息江南芳草已無根公終隱不仕

人世繁華日易斜苦心爲發善萌芽自開翼翼千倉粟豈爲緜緜累葉瓜公振飢育嬰見縣志者皆餘事也

東南學派四明尊古鼎龍文未敢捫有梨洲先生詩誰補漁洋
踈雋句春潮艇子到籬根繫艇當門江燕飛漁洋與荔裳餞公於梁園水樓詩也此卌卯無漁洋題字
補衲庵荒曲徑斜年年叢桂發新芽樞曹讀徧三千卷
別有農經教藝瓜
第一君家治譜尊甘棠碑字我親捫隨車好雨東風輭
已見秋禾綠到根名父新抵吾邑甘雨既零四境霑足
秋夜題詩字半斜故應斂手學薑芽近臣蹤迹孤兒淚
默數歸期已及瓜同餘蒙恩給省墓假兩月將以九月還京
已丑八月訪桂鄧尉宿還元閣許受之以尊甫𢡟

舟翁東籬中正圖付諾瞿上人屬書數字旣感其意又待月默坐因成三絶

刻畫西風有畫圖行間細楷密於珠洛花閩荔皆無畫卻憾歐曾用意麤

六十年前已肇端莫將洋種溷園官是書不獨花中正我作春秋史倒看洋種別爲一卷

都下十年常閣筆鶴巢屢以東籬中正屬題未敢落筆山中一夕忽催詩桂花未放白魚瘦記我秋堂待月時

華遴秋畫

冊有楊澥石題適缺一葉价人屬題一詩

邃秋瀨石今安在令我題詩一惘然幸有碧芙蓉館主价人同舟爲說畫中禪

趙次公藏蔣山堂書肇公非不空論寳藏論卷屬題天真野逸四字於其端而已有六舟隸題乃書於後并系一詩

世尊甚奇突離法不離真我讀肇公論如親柱下人蓋仿道德經良書成自性妙腕健於身亦有空山志誰歟擬卜鄰

題趙价人扇

衮衮中朝彥誰歟肝膽傾東皋好風節北海是平生指宣

城李孤事老學心逾壯陰功耳輒鳴樓臺甚無謂重壘累人情

喜君腰腳健吾亦强追陪銅佛淡無語山花懶未開啜茶元妙觀選石萬峯臺傲我長征客逢僧說再來君約明年

採梅

題胡息存臨爭坐位遺跡

虞山東麓石梅旁一角鄰初舊草堂祠宇已新門徑改更無人說木樨香

近來蝯叟繼清臣收斂神鋒健絕倫我服松窗老居士沖和平淡得天真

題補籬種菊圖

己丑九月餘假滿將還朝二姊以是卷屬題詩

豈復有詩意乃作謡諺之辭以獻

上堂別阿姊阿姊淚如雨問弟爾何爲行役苦不已久留固無名簡書況有程姊看隨陽雁汲汲南北征商聲滿天地如羹亦如沸阿弟襟袂間斑斑家國淚我淚豈妄揮人生重乖違敬告世上人弟兄莫分飛示樸吾姊夫古之狂狷徒開編見題字令我長嗟吁種菊復種菊

題楊濠叟詩册

今年高過屋更待三五年金英絢秋谷

册爲其姪婦趙書趙之夫蔭眉秀才今年秋試
卒於舟中甚可嗟悼乃和濠詩首篇以題於後
我愛濠叟詩又喜濠書跡濠書固不磨炳炳見心畫篇
終附短札其意蓋有擇東坡志林語似惜百年宅秋風
吹歸航瓊華隕一夕鷴鴿復鷴鴿人事那能必老成洵
先見英儁當痛惜我作巫陽詞庶返故居魄

小樓默坐風雨蕭然示棻卿姪

黃浦江頭東北風三羊涇畔雨濛濛（所住曰三羊涇橋）傭書聊
對屠牛菜載酒兼謀養鶴籠（攜鶴一雙）別意已如秋氣莽詩
懷預擬海天空木棉已損田禾爛都盡先生感慨中（棉花）

因風雨減三成早稻已刈未收需晴乃佳否則浥爛鄉人謂之爛稻鋪

有人贈桂花一枝龍眼廿枚

折贈天香用意深土盆瓦注費搜尋洗醬瓿插之劇憐鄧尉千株雪未抵君家一捻金八月訪桂鄧尉絕無花也

荔枝龍眼原殊祖可笑東坡併一談忽憶尚方珍果味閩貢到時頻蒙宣賜有人聽雨臥江南

贈吳秋農畫師 穀祥

秋農四十鬢先絲自署吳門老畫師君似鶢鶋避鐘鼓我如驚馮戀旌旗海天萬里何從寫風雨重陽有所思自起推窗看雲腳還朝擬趁菊花時

次韻趙次侯（宗建）送行之作

吾生辭墓不辭家未敢忘情且避譁畏此簡書行有日溷人筆札浩無涯君親擔荷微軀弱身世艱難去路賒正合遲遲偏汲汲辛峯淒斷白雲遮（時以小輪船帶行）

三百年來第一家（次公報慈橋宅已三百年矣）修篁古木靜無譁先生東郭兼南郭處士山涯又水涯好事每愁花易落留賓不厭酒頻賒梅顛（君新搆此閣）綽有元龍氣尚恨窗櫺面面遮

先公昔主隱君家燈火秋堂絃誦譁三萬七千到今日（距今七十六年）東西南北總天涯孤兒白髮音容渺老樹孫枝

歲月賒庭前菩提老樹皆曾識先公者也此榻若因徐孺設莫教去後

網塵遮

偶遊汗漫即浮家來聽廛中市語譁小閣滯人天又雨

片帆遲爾水之涯鰣魚香稻常年足破鐵枯銅到處賒

昨日八龍來鼓瑟應知高會是無遮冒雨至天文臺主人鼓琴娛客

重九遣興用前韻

送酒誰過陶令家題餻聊趁市兒譁望洋河伯愁無那

行雨臧孫知有涯僕病方知醫最少囊空不厭晝頻賒

隨身紗帽休吹去如雪頭顱仗汝遮

爲顧皞民題王蓬心瀟湘圖

三羊涇頭作重九自煮白魚沽市酒小樓一角有明窗
彭蠡桐廬森左右（麓臺雨畫）叩門者誰銅井客知我羈愁倦
奔走蓬心一卷送將看瀟湘扁舟落吾手北風釀寒金
菊瘦苦雨連旬木棉朽微波落葉渺難即鈞天廣樂知
何有徑思一訪洞庭君豈意重逢永州守（此畫余在京師屢見之）
永州辭官居鄂渚黃鶴樓前看星斗古懷浩蕩空自怡
老筆矜嚴殊不苟董源斯圖本奇作千仿百摹雜妍醜
最難平淡得雄深前有米顛後董叟永州臨古不泥古
落墨渾忘誰與某靈巖館敞壓纖廚快雨堂深驚戶牖
當時諸老共嗟賞況復流傳百年後我今赴闕意飛動

尚戀衡雲屢回首千言炳炳　聖恩重（新本擬赴湘入辭時面諭以浮海慎重）一雨遲遲天意厚羨君翩然隨玉節直溯九疑上岣嶁江山文字感前因意氣平生徇交友夜來題詩語荒率滿紙蛟蛇互蟠蟉鐙花吐燄辰聲稀明日新晴肯顧否

三題章侯畫博古牌刻本次前韻

文學何須笑大夫上林古有牧羊奴要知商戰今宜講能得斯才亦本圖

愧我硜硜作計臣曾無膏澤及民身楚茶折閱吳緜賤愁煞東南數郡人

庚寅

庚寅元日爲徐筱雲題石谷松竹長卷

百八年來墨尚新題詩豔說四庚寅不知白髮滄江客可識趨朝讀畫人（圖作於康熙庚寅卷中題者多吾虞老輩）

羣松和竹繞山村村裏人家緣到門彷彿碧溪羅隱宅短籬破屋傍梅根（圖爲黄山羅君作余嘗夢至一處傍曰梅根）

爆竹聲中畫虎符（今年正月壬寅朔余於寅時寫虎字數十余庚寅人也）硃殘絳蠟眼模糊歲朝韻事吾能說磨墨新題水竹圖

侍郎撥藻立彤除曾有春秋百國書參透畫禪關捩子試教卷去又何如（筱雲深於禪而癖於畫故戲之）

題自臨錢叔美五柳先生圖和陶歲暮與張常侍

詩韻

坡年六十一始得白鶴泉讀其和陶作感歎形於言我年等坡公職事一何緐俯仰愧素餐内省多咎愆門巷頗寂寥登車見西山晨隨獨鶴與暮逐羣鵶還明鐙照我堂暫脫塵事纒酒罇雜畫卷用以酬新年陶公早歸來蘇公晚南遷我非陶與蘇一醉亦陶然

金壽門秋林月話圖師六朝人筆意錢叔美稱其古雅簡厚今從錢本摹一紙

柴門敲破不曾開一日訪君幾十回暫向秋林發狂論

西風寒上幞頭來
壽門先生古謫仙鴻博系銜亦可憐咄哉真虎不得見
纖毫劣腕來鉤填
己丑秋暫假歸里同人觴之於虛霩園蓋曾氏之
園也明年春君袁奉其曾祖勉耘公歸畊圖遺像
求題敬次　先公韻二首君袁將歸即以送之
古人守一官惠澤不及民今人愛官職惟思富倉囷苟
無匡時志朝野理亦均辛峯有大雲醞釀無邊春追蹤
陶子師公與翁吾七世祖上杭公施教洛及閩融融化梟鳳蕩蕩
平畦畛君看秋水公伊墨卿先生題詩墨猶新上言操守潔

下言吏職勤部民所身受諒非諛頌文經術久凌替仕途多荆榛雜流鶩新學賢否何由甄要當表清官庶幾公道伸孰不說歸畊此請未易臻從來進退際悉本道德純淵哉名賢澤奕葉尚未湮不羨好園池羨汝棫樸薪文章為世出忠厚及物仁用以啟後昆亦以答先人十載不歸田戚戚軫夢想歸來三十日此願亦虛枉故人知我歸雞黍集親黨側聞二老閣尚有舊題榜湖天固無恙管鑰今誰掌二老閣為二曾先生讀書處今曾氏別支居之同儕兄弟行無復吾師丈近聞多漏略況乃話疇曩霜園秋荷花零落獨矜賞卻思百年事敬歎雜悲快吾祖潛虛公一

官隨蒼莽同時二曾子（牧庭公 勉耘公）笙磬答幽響官轍分海

角古誼在天壤惜乎南豐圖未寫叔茂像還朝得展拜

余齒亦已長便擬速歸耕湖田數來往

題錢子密甲申年極樂寺看海棠圖

頃因文字識名駒（謂哲嗣新甫）仍世交情與衆殊醉裏索詩

期火速老來涉筆愧平鋪對花起草真仙吏罷政談經

有腐儒（甲申年事）若以無香論品次名茶終恐遜牛酥

已嗟嫩蕊鬬新粧差喜名流爲舉觴一語便稱天下豔

幾叢能帶古時香綠章夜告緣何事銀燭高燒有底忙

頗憶承明卅年景青旂錦節映朝陽（寺當淀園蹕路之西）

庚寅五月閱國子監學正學錄卷用壁間韻呈陸
軒協揆

斗室蕭然道氣深齋居常若帝天臨力扶文派回滄海
手種名材作鄧林愧我十年頻典校竟隨一世與浮沈
危言日出奇觚眩太息膠庠養士心

伐鼓秋堂夜漏深當年二老憶同臨癸丑六月先子與尊公太常護月同坐階下談禪甚契問禪一笑蝦蟆窟證夢三生薝蔔林先子常夢前身爲僧日了觀寶蓋已飛遺偈斷楹書雖在舊徽沈白頭幸得
從公後各勉憂時報國心

謝崇受之贈蘇齋寫明人詩

誰寫明賢塞下詞九邊月落雁飛時論詩不及嘉隆後
風格矜嚴世未知
推證偏旁字偃戈不應真帖反傳訛吾齋考古圖摹本
已怪當年贋鼎多舊藏續考古圖四冊公手鈔古文亦多訛舛
淋雨兼旬萬戶窮杜陵無屋破秋風曝書未了苔生篋
忍褻君家貫月虹

小詩代柬呈銘鼎臣同年

五月書來約看花豈知六月雨如麻巴溝一曲泥三尺
何況城南十萬家
閒官飽粟未全貧餓鶴無端夜叫頻送與養年精舍主

雲山西北渺無垠僕有病鶴擬送養年別墅
摹黄小松載書圖即用原韻送姪孫烔孫南歸
行矣從茲別歸歟不可留艱難思舊德沈著勵潛脩體
弱須珍護途長莫浪遊殷勤載書去置我最高樓誚救虎闕
題歐陽文忠公像
庚寅七月戶曹孫君以歐公畫像見示云是新
鄭守基子孫所藏諦審紙墨乃南宋時物又譜
圖一卷略與刊本歐集同其中名系足訂刊本
之失者非一末附莘雲先生事蹟數紙則元季
遺老入明不仕者也既賦一詩題於紙尾并摹

畫像以志景行

布衣帛冠致騋牝地員海王富組練古來謀國重君棣
今日名言務商戰歐公生當宋極盛位業文章世所見
偉哉三策策關西欲為茶鹽散餘羨平生服膺居士集
自恨迂庸儒術淺滔滔江海漏難收屑屑錐刀計空擅
京師雨狂水浸屋頗似東都溢清汴螺陂一圖忽攜示
昔讀公書今識面渥丹挑李發酡顏爛電龍鸞動英眄
憶昔來往澄懷園六月荷花大於扇謌流幾輩拜遺像
慘淡丹青宋時絹霜紈兩柱燕閒服上有　天題金碧
絢林穎叔得公滁州畫像乾隆中裘魯青攜歸有　御題當時驚歎畫龍飛無怪

環滁山色皺三十年來一彈指絶少朋戢文字識幸逢
新鄭子孫賢猶奉遺直夫京向秋掌夜淵百趙語舊學
荒蕪新就貽惟持金石一千卷有以秀雄新勞篆千秋
定論文在茲一代通儒動遭譏利推在上悞詩善兵法
攻心靜便讀書作詩飛白善經鑒切至遺材盡郡多

爲董子翀太守號翀題董思白陳眉公小像卷并序

題華亭二鶴四字於卷首

白頭相對角巾寬我作松陵一集看可惜悲歌董公子
不留挂下注天官

題台州臨海縣宋徐貞定溫節文子集圖爲楊定

甫侍御并呈其尊人友聲先生

邱壑非吾道江山自炳靈洗碑三版見判牘萬人聽台學從茲啟時賢未敢銘謂儀徵相國側聞橫舍闢匪獨菉猗亭

考亭題墓後繼軌者誰與獨有楊夫子蕭然此卜居宏編亦城志先令碧泉書五百年遺澤高風足起予

有宋真儒出東南質行多從來高隱士無忝直言科出處關朝局艱難挽世波韋桓何瑣瑣涉世近婉孌

題林錫三閣學天齡遺照

生前闕賓敬死別翻追隨林君吾故人開卷見鬚眉頗

欲作文字紀我合與離淒然家國感把筆落涕洟憶當
辛未冬吾母病阽危上書乞侍養瀝血肝腸披聖慈未
聽許令舉替厥司皖皖林夫子直節好風儀行在通介
閒文筆雙葳蕤英英南皮彥編修張君之洞秀特余所師遂以
兩君薦並堪侍經帷君獨入承明我旋伏茅茨執手三
唁我我默無一詞洎我免喪還君又秉節馳洎舟隔一
江見子梔上旗大哉　毅皇德徽陋罔或遺楸梧閒檟
棘蘼蕪遝萊葹側聞君在朝讜直無所私又覲經進文
舉筆不忘規諷當佐太平出入倅皋夔奈何遽淪逝戢
恨滄江湄人事既代謝天行有參差惟餘白髮郎終老

鳳皇池坐此自嗟詫久廢題圖詩三年置高閣旁人多然疑或云羸老甚有筆不能持又云付朽蠹野鼠銜其髭豈知筍脯筵年年薦金卮蘇黄兩詩翁宥坐惟君宜君有好兒子珠樹連瓊枝文章珊瑚鉤餘事國手碁終當繼遺志嶺海騰光曦我無蔡邕筆爲君勒豐碑寒夜題此詩寫我無窮悲

爲錢子密應溥題吳仲圭竹譜敬次其尊甫韻

董源半幅久不聞大癡秋山野火焚近見燒壞秋山圖梅花庵主獨無恙巨卷吾識瀟湘君瀟湘婉婉靜多態欲吐槎牙轉茫昧試看卅幅文洋川除卻東坡有誰配世間那

有東坡翁鳳脩龍嘯莫與同橡林楊花亂如雪遠公跡遠嗟難逢海上鷩烽得朋盍苦語新篇互酬答可憐漂泊杜陵居不及差我大蓬塔梅沙彌畫世絶倫甘泉鄉人書等身斯圖未忍頻開看淒絶兒啼撰杖人

敬題

純廟御畫石芝圖

此石芝圖卷　純廟御畫賜錢文端公同龢所敬藏一日過宗丞錢應溥出其高祖母南樓老人畫冊每幅皆有　御題並文端父子三世手跡相與讚歎宗丞因曰吾家尚有石芝圖失之

久矣同龢歸檢篋笥得是卷敬奉宗丞並紀一
詩以賡盛美亦以誌錢氏子孫能世其業焉
天上圖書聚大羅臣家緝頌首猗那欲知聖藻超唐宋
不屑長牋鬭纈披一騎送詩煩唱和十年佚老自婆娑
從來忠孝流貽遠多少豐碑字已磨

題張南皮畫冊

凌晨入紫微跨馬晚言歸炎景亦穿繖暗塵緇染衣掉
頭巢父路失腳釣人磯忽覩空明境飄然一鶴飛
畏炎成小極喜雨得新題（原題云病暑初起喜雨作此）民望崇朝慰
天心萬物齊墨痕沾紙滑花氣入簾低卻怪雲林景晴

光罨畫溪
南皮老詞客畫筆最清蒼遠法董思白今師戴鹿牀寔
因藏帖窄官爲作詩忙一角西山碧澄懷意未忘
題陳章侯三友圖
此三友圖道光己酉　先公得之於吾邑沈氏
喜誦其詩常以自隨　先公既卒吾五兄攜之
入湘入鄂去年吾省墓歸又攜以北每一展卷
不覺涕泗之橫集也庚寅長至前一日齋宮侍
班歸檢視此卷因題一詩後人能謹護之否
元冬動琯灰雲物藹皇州侍輦入齋宮散我鵷鷺儔歸

來弄圖史偪仄無遠謀既趵磊落人懶與屠沽游遊子思故鄉狐死必首邱東華數閒屋焉用重簷廇時方擬築屋數閒不如破龍淵臥我救虎樓我於近人畫最愛陳章侯衣緇帶勁氣士女多長頭鐵色眼有棱儼似河朔酋次者寫花鳥不以院體求愈拙愈簡古逸氣真旁流嗚呼此三友　先公所綢繆後入吾兄篋南走鸜鵒洲我頃攜以來復閱京華秋一晝何足道三世虹月舟我無章侯筆仕隱兩不侔翳豈不懷歸懷歸增百憂勖哉毋太康聖主勤諮諏

矩門丈招飲西城圓通觀出示先德禹民公臨懷

仁聖教序敬賦

城西一庵小似螺破壁乃見萬古歌豈惟詩句發深省腕力山嶽爭嵯峨矩門書律本家學一編手澤勤摩挱焚香捧示臨古帖中鋒努趯森虞戈敬從八十二載後上溯嘉慶己巳科朝堂穆穆氣純一人物壽考民風和是科有八十五歲進士賜檢討公於其時登上第出入芸館翔鑾坡十年槖筆事纂述一麾竟落廬山阿手除巨憝若振槁平反寃獄懲婞婯其閒育士功最鉅培植薪槱烝菁莪鵝湖鹿洞久銷歇獨以正學相礲劘先公昔持校士節餘干太末頻經過一杯亭下品茶罷亦有贈答詩吟哦

先公為江西學政時公守廣信歸來七十鬢未皤長安城中有盤遺參
禪講學靜有得餘事研究篆與蝌案雜三號更五點明
星耿耿侵銀河斯時清氣入泓穎一點一拂無偏頗作公
書必於味明時天流傳此幅已奇絕後合公刻帖名全帖當如何矩
門先生門可羅殘年甌我安樂窩微陰釀雪花萼活對
坐已覺春風多是日立春睦親收族我所敬盡養鮮獨秉癃
痾掃除陳異說尊食貿如抉吾霧瞻蠢娥直從忠孝發根
抵丈之先世忠孝賜額有匪止藝事收餘波我詩法德秉志感毋
以韻語相譏訶門庭闢力言六朝辭靡之習不足學

辛卯

題羅兩峯梅兆育麟圖

姪孫斌孫初生其嗣母在南夢老姥遺桂一枝已而北信至即其日也斌孫爲余言因以此卷付之

妙絶乃江筆真傳香葉齋（兩峯爲壽門高弟所居曰香葉堂）禪機熟梅子吉夢舊桃孩（兩峯詩中語）祝爾添丁喜慎哉將母懷傳家有笏記（先兄文勤公藏唐魏文貞笏余以付斌孫張雨生爲作傳笏圖余題一詩斌孫因自號笏齋）漫說兆三槐

元夕題陳章侯畫博古牌刻本次前韻

劉毅輸錢亦壯夫朱三睨視豈狂奴應知杜老無憀甚

爲寫咸陽守歲圖

鬱鬱南天柱石臣祇圖利國不謀身劇憐措大登科記

多少歐洲待榜人

臨仇十洲畫重遊赤壁圖

草草黄州夢一場偶然遊戲飲江光十洲仇叟緣何事

刻畫髯仙著羽裳

題蔡松甫 右年 勘書圖時松甫將之官蜀中

太息曾無薦士書四門學博近何如亢宗明復前型在

恐有人遮使者車

手校羣經溯道根波瀾漢魏瀉詞源慚余白髮成均長

問字無繇屢叩門

屹屹東關控蜀疆一州吏卒付低昂文章能發山川氣
不爲跛鴟換瘦羊

以素箋乞得南齋諸公詩畫因題短句

一山一水苕岑氣他日澄懷十友看我作湖田垂釣客
可能曝背話金鑾

題陸小石靈峯探梅圖圖爲庚申二月作是月杭州失守

蕭蕭寥寥咸豐春寂寂寞寞靈峯人探梅再遊常事耳
傷哉浩劫滄江瀕作圖者誰楊蕉隱筆力倪黄標格近
題詩者誰雪隱翁一十八人氣味同吾生出入明光殿

惜與羣公未識面幸從卷尾見丁公（諱松生先生）十萬牙籤
富經傳山僧請經航海來攜卷索詩火急催時平歲美
湖波淥梅花開時山鬼哭

題沈小梅誦芬詠烈圖爲梅孫方伯

虎節熊旛歲月深歸來塵海暫抽簪一家著述吳興派
萬口歌思隴上吟豈屑蠹魚尋活計早知雛鳳繼清音
江南好手探微筆能寫趨庭孺慕心
交際君家父子間蹉跎我亦愧衰顏馳書灞岸瀟瀟雨
（戊午余典試陝甘丈爲外簾監試明年余以學政移疾歸文遺騎送行此意特厚）飛舸燕臺點
點山（巳丑與梅孫同舟南還）舊夢已隨池草換（諱似竹同年）新詩聊趁

井梧閑文孫又報循良績期仲權昭文縣士民感頌屈指當年尚珥

環

爲孫駕航拝題崑崙關題壁圖即送其之湘臬任
邕州山水天下靈桂勝所紀我熟聆眼光射過古林邑
嗟五銅柱誰爲銘橫山西來壓郡庭勢如奔馬鞚不停
崑崙突起屹相向棧木削鐵天門扃彼儂者氏蟠隩陘
狄宣徽始通車軨鑾花自紅月自白峒谿常碧山常青
繡衣使君飽六經廿年懶泛珠江舲登高望遠斐有作
欲令文字澝餘腥節華翩翩朝帝廷畫圖入篋留真形
徵詩到我謂我健豈知詞筆今彫零我欲貽君雙玉瓶

夜涼共話囊底廳萊山新居 平生氣誼竹林彥萬里蹤跡秋
江萍沅湘無波杜若馨神女鼓瑟魚龍聽三關回首在
何許斗南早釋天弧星

用前韻呈駕航京尹

九苞不棄一羽靈九奏不廢一器聆矧吾膠漆三益友
敢以吏職勤箴銘京兆之選重漢庭前張後趙史不停
廉公有威擇民望北門鎖鑰稱嚴扃太行北走起井陘
飛狐倒馬才容軨迴翔緜亘一千里東西秀起橋山青
吾嘗閒遊按圖經鮎魚關口如覆舲渺然極目但平楚
不見毳幕羅羶腥我朝中外共一廷何嘗疆域分區形

只緣衆建力已弱控弦戶口多畸零古來守險如守瓶
邊牆尚有都軍廳即今伏莽已燒薙餘蘖聚散如漂萍
去年秋成黍稷馨今年豐兆輿謳聽移君崑崙大椽筆
一掃直北天狼星

遲盦見和題崑崙關圖韻述先世舊德循覽泫然

次韻奉酬

君詩宛轉骨節靈我詩樸直君其聆白頭每說少年事
況有師訓常鐫銘庚戌余受知文定公我昔分曹蒞訟庭瀏翻誦
律口不停師言此事非汝急勉旃歸試秋闈扃澄懷池
館隔一陘雜花芳草通珥軨葉亭雖小最幽勝二老同

看西山青先公與文定師同寓淀園君時下帷聲衆經我亦未暇揚吳舲玉泉山前殿門下泥首徽帶蝸涎腥壬秋榜後余與君在玉泉山前謝恩是日微雨丙科聯翩對大廷我車西邁嗟勞形臨分唁君憫君病麻衣血淚吞聲零涕州訪君乞一瓶殺雞炊黍山莊廳潦深橋窄馬又蹶淋漓衫袖黏浮萍甲戌五月事兩家先芬播德馨宜蒙天鑒邀神聽艱難會合不復道吾儕努力今晨星

遲盦和詩再來而駕航以京尹内召聞尚在天津也喜而有作

郵亭行矣朝湘靈鈞天廣樂疑可聆春風吹船不著岸

勝遊竟負峿臺銘峩峩京兆開省庭宜晴快雨轍屢停
一從沈郎轉官後海棠閑館門常扃黃壽臣林穎叔卞頌臣彭芍亭尹京時常觴客於後圃宜晴快雨之閣周小棠沈仲復尚修舊迹今改爲海棠院矣神京浩穰拱八
陘千塗萬轍來展軨使君坐衙日決事豈暇更畫蛾眉
青遲盦手注海外經歐邏亞墨飛火舲雷霆滿腹暗不
吐往往語帶蛟龍腥瓶生持槖侍禁廷耳聾手戰非昔
形醉中狂談醒自詫欲以屯牧收先零借韻江流滔滔嗟
覆瓶且持門戸嚴堂廳神鋒靜斂莫輕試與君含笑看
青萍秋荷枯盡瘦菊馨琵琶哀怨難爲聽三人一夕詩
百首明日喧傳聚德星

遲翁三疊韻見示益進而語益奇不覺歎服呼余曰紫芝之主人又不禁失笑也勉事攀和謝不敏矣

紫芝三秀卉木靈白龜千年古語聆故人取此牓我室自誇雲篆天書銘（楊濠叟書紫芝白龜之室贈我）老遲憲憲立紫庭日草詔書筆未停猶能餘力發奇藻盡破唐宋詩人扃我如老嫗倚竈陘敢邀織女迴軒軨清詞三疊發一笑粲然重覩長眉青城南顧祠我夙經鳧翁蝯叟偕詩舲拈新鬬雋日不倦時或野飲羅芳醒今我與君並侍廷同搔白髮勞神形自慚金轂非所習東南民力嗟凋零朝來大風欲凍瓶紙窗尚敞司農廳散衙輕車坐搖兀真

同塵海漂秋萍小齋靜聞藥火馨右臂作槁耳重聽願
君且收畫日筆我亦匣研藏涵星

題成哲親王手書五十生辰賜物單

磐石宗支重家人禮數殊敬觀大詔令每述舊訏謨嘉慶六年諭大挑舉人事純嘏從天錫多儀與物俱隆恩無以報七百
顆驪珠

聞道梁園冊遺詩未盡編衹傳脊令頌竟缺白華篇詒晉齋集自己未至丁卯九年缺經義高逾淡歐書老更圓皆王五十以後事聽
鐘舊題句定憶卅年前見集注

城闕蒼涼甚山池寂寞時篋亡苦筍帖搭識落花詩園寢

在花塔山集有龍種生應異鵝經換最奇天人承夙德
落花詩若干首
豈獨楚弓遺

辛卯臘月十九日蔭軒協揆邀同人作坡公生日
文卿同年奉茶陵相國像至未暇展拜也敬賦二
詩和蘇齋老人韻

此幅蘇齋所藏丁亥春予得之以寄文卿者也
予又得西涯小像上有蘇齋老人一詩今不知
所在

觥觥懷麓集豈點弇州文退谷有公論殘編得璅聞近得
孫北海畿輔人物略手稿文正一傳與
史頗異首曰以戎籍隸金吾非戍籍也祠荒太僕樹基

冷長吾雲史筆爭時局何人恕相君
太息孤危跡躊躇尚論中賦詩吾輩事補竹昔賢風譚
子爾何意蘇齋客豈同平津一樽酒難遣百憂空
壬辰
駕航次崑崙關圖韻見示走筆奉和兼呈老遲
梅花送喜鵲舌靈六街好語欣先聆百年得覩元日雪
宜晴快雨當鑴銘使君拜章告紫庭退朝將吏謁不停
雄篇忽和去年韻謂當封篆衙齋扃飴山使節出趙陘
漁洋亦紀入蜀軨今君二難弁為一奇氣直掩綸霞青
何不徑仿離騷經惜哉未上湘江舲九疑冥冥子規叫

二妃淚竹苔花腥留君雄臺侍帝廷一揮千牘忘勞形賦詩飲酒例有禁無恠詞筆多飄零瓶生枵腹長頸瓶皋比坐擁嘶辰廳耳聾臂枯百無用靜觀萬物同浮萍春盤脆牙筍蕨馨雛鶯學語宜可聽作詩兼想老遲叔毋爲深悶匏瓜星老遲新納姬人故及之

題舊藏杭大宗詩畫冊

此冊爲先生雍正十年壬子入闈分校鄉試時作其詳見榕城詩話中

闈才不世出軼事有傳訛人訝楊風子吾呼蘇大哥先生謂吾詩兒事東坡故每呼爲蘇大哥築亭新補史上殿古詞科寂寞南屏

杜荒墳可奈何
閩行詩數葉猶喜畫圖傳園荔紅成市村榕綠到天山
川越王殿羔雁孝廉船省識憐才意頻將斷句編
閩中望雨呈祁子禾用壁間韻
屯雲銜雨過春深日日瞻天切鑒臨我輩豈能分菽麥
聖人久已禱桑林近聞畿輔頻傷潦大築隄防爲漉沈
憂水甫過還慮旱一時併集長官心
遣興
默默端居春已深璪闍何地可登臨嚶鳴且喜鶯遷谷
瀟灑終輸鶴在林柳子囚山甘寂寞蘇公浴室久浮沈

海棠落盡東風惡觸我江湖萬里心

禾丈示詩奉和一首

辱公知愛抑何深嶮韻新詩取次臨天子意方崇學校丈人端不愧儒林（丈押林字用學校如林今年覆試欽命題也）試看一字長城固肯使羣才大塹沈別有衷懷言不盡遡風來往感予心

贈霍慎齋同年

紛署才名歲月深春官秋賦一時臨祥禽未許辭阿閣（君任閣學最久）朱草還欽出上林（宗臣中君年最長）病起談詩神愈健老來對酒氣先沈（君少年時豪飲）夜堂鐙火渾如夢㭊觸當年

立鵠心 余與君爲丙辰同年

贈李菼園閣部

苕岑一氣墨緣深差喜聯鑣璅院臨四省頻年持使節 君歷典晉粵蜀試又督學滇南 幾人兩度入詞林 君任臺諫以避再入翰林 高文競說傳衣重昔夢空嗟折戟沈 君爲先兄文勤所取士 聞道且蘭舊桃李至今猶識愛才心 先兄任貴州學政時及門士今在者無幾

再簡慎齋

獨坐虛堂念慮深隔牆遥喜履聲臨微聞子政多封事不獨君和重藝林直道自邀天眷顧孤蹤漫與世浮沈自慚早識同年面今日方能識子心

鰣魚和子禾丈

滄江春暖暮潮深覆釜山邊蠟屐臨一箸殘腥櫻筍節數家小市柳花林誦君驅經新詩健愧我烹鮮舊夢沈漫舉當甌箋爾雅蟲魚瑣瑣又何心

青來爲我作瑮闈玩月圖硤秋題詩渺然有湖山之思時方校閱未暇奉答放榜前一日次韻以發一笑

鹿床文孫擅家學爲我寫出江南山汝南高賢古詩伯閒出妙語深淵淵嗟余老懶厠其列一堂二妙難追攀風簾官燭坐兀兀臂枯不復親柔翰明珠沙礫溷不辨

自慽目力今先殫璪纚韻事差可紀意在晁李蘇黃閒
滄江連天碧玉環彷彿夢覩金仙顏牟尼一串親授記
信我此語非欺謾紀夢夜堂蕭然燈火閒明日放榜開重
關卻嫌官事太迫促詩情畫意紛難圓清和節過尚薄
寒瞻天日日愁占年海棠花落榆葉墮并恐摧我青琅
玕余齋新種竹昨宵一雨蘇地脈嘉穀奮起刪茅菅市聲喧
闐烏鵲喜西山想見明煙巒繼今布濩更優渥至尊方
宿郊宮壇今日常雩吾儕此日足可樂且放衣帶欹巾冠談
詩讀畫了無事一尊相屬同加餐明朝鵷鷺各分列旌
旗拂拂青雲端

題吳龕齋等五人畫東坡事蹟圖用東坡送周正孺帥東川韻

坡公送周正孺詩曰得郡書生榮還家昔人重蓋有歆羨之意焉今龕齋還朝一月即銜命鎮湘中豈直東川而已僕衰病侵尋不復有歆羨意故作二詩次韻題所繪東坡事蹟圖後

卌年溷京塵末疾苦腱腫可憐屈原賦悵望姊歸冢時余有姊喪新圖忽見示令我意驚聳當年東坡翁亦拜邇英寵方其進對日蓮炬歸途擁泊乎行貶詞中壽爾木拱丈夫出處際豈必戀邱壟委蛇未足賢急退亦非勇荒

庭蒔秋花閒臥養衰冗此即桃椰庵吾將息歸踵
坡公舊遊處草木皆增重獨於衡湘閒未謁九疑冢君
今持節去紫蓋看森聳南方付坐鎮天語特矜寵想見
此邦人竹馬花枝擁楚才洵多美合抱雜把拱文人或
惰游壯士輒登壟陶鎔歸大順所賴仁者勇坡公論高
麗文字最繁冗要使密海州毋曳雕題踵

壬辰九月廿九日與汪䏻亭侍郎奉派武殿試讀
卷官同宿内閣直廬䏻亭以玉照屬題率賦此詩

觚生戊午年廿九曾發軺車陟隴首䏻亭辛未三十三
正持玉節巡終南後來愙齋亦奉使甲乙之年遂分試

陝甘分闈甘肅亦設學政書生慣說宦遊蹤一笑陳迹如飄風秦川對酒向我醉太華送碧爲君容長安坊南數椽屋巷隔雞飛來往熟皅亭每爲蹇齋留余亦深談夜秉燭蹇齋今年來京與余寓居最近皅亭寫真見真吾蹇齋倚裦補斯圖商山紫芝渺何許橘中之樂有是夫今朝微雪點鑠廳上堂對案校武經默寫孫子九十六字白頭尚有論兵口不滅當年衫鬢青

題孫遲庵藏天女散花圖

聰明漫說雲門棒灑脫真傳雪竇風不是遲盦有慧眼如何來問鹿皮翁

纖纖微月照窗時落落鴉叉手懶持只見一張好東絹不知何處可題詩

壬辰十一月廿日與族人朗生翦燈話舊兼及盩卡各事慨然而歎因賦一詩

快雪初晴已見星相將温酒話寒廳長才筆底生花豔薄宦衫痕似葉青一命豈無民社寄重門肯使客舟停朗生自蕪湖關卡來慚余投老司金穀欲析秋毫未忍聽

題祝枝山書樊毅碑華山碑

世間狂草輿臺耳沖淡方知骨格清卻笑鷄林工論斷漫將閑素擬先生虛舟論書不滿於祝京兆謂爲骨氣未清

延熹尚有流傳本樊氏三碑一字無申國西南有謝水

莫教錯認射陽湖此樊毅碑云謝陽之孫足訂范書樊丹封射陽侯之誤

佛圖一卷無從問幸有夷堅両志留悟得書家篆分意

縱横排比總庸流余家藏有京兆小楷佛圖澄傳精妙無匹今失之矣復收得小楷夷堅志一卷成邸舊物

去年題壺巢崑崙題壁圖以靈字韻往返七疊今

樵野以運甓齋圖屬題置案已久承前韻催索漫

題奉教

長庚仙才役百靈謂蒓客碧池魁紀妙語聆破秋雲門今君又

辱冰雪句催我爲續桃榔銘古來節使臨邊庭車轍馬

瓶廬詩稿卷五

跡不暫停豈若九萬里海國天詄蕩蕩門無扃歐亞横
度東西壄墨州南北分火軨一言竟破逐客令安我萬
竈炊煙青君爭美國雇工事立約未行盟辭不載春秋經行人返旆
揚歸舲歸來一笑解詩橐筆頭尚帶蠻花腥偉君憲憲
立紫廷刻畫九鼎魑魅形西南諸島各相杖我所慮者
羌先零倪迂已矣水覆瓶老榕綠闇五羊廳開函忽覩
鳳樵字恍惚荆渚蹤漂萍余至鄂渚鳳岑在荆國香不與衆卉馨
古奏不共今樂聽祝君早晚開莫府憂時衰鬢已星星

瓶廬詩稿卷六

目錄

癸巳秋闈和李越縵慈銘韻

以牛酥寄萊卿姪問酥中有味否又問味根安在

題楊西亭畫册和册中韻甲午

袁子壽祭硯圖爲伯羲祭酒賦

題何潤夫水部乃瑩草堂情話圖圖爲喬勤恪公作

余既題潤夫草堂情話圖意有未盡復綴三詩後二首一懷勤恪一則思泰州風土之美也

楊村道中

送陸鳳石祭酒潤庠歸養乙未

題所收楊幼雲舊藏東陽蘭亭次幼雲韻

題喀喇沁王並蒂牡丹圖 王名旺都特那木吉勒號衡齋

題沈仲復女白鳳 彝慈 畫皖江文讌圖 丙申

又題白鳳女史畫册

獨游樂氏園遇李公登眺良久復游遺光寺循西路而歸

題徐頌閣尚書 郙 收舊拓乙瑛碑奚林和尚藏本

過福慶寺

福慶寺坐雨書感

題洪琴西都轉冰天雪窖圖用卷中原韻

爲汪柳門侍郎題韓桂舲司寇泛湘圖

題柳門扇扇爲南皮相國甲午　殿試讀卷時畫

迂伯公別茶小像題付姪曾孫之善

題徐榕全郙藏錢南園畫老馬

畫五毒符丁酉

張南皮曾爲余作數寸小畫精妙無匹時在　殿廬擬題未下閒坐清談就題紙爲之彈指十年不免今昔之感偶見扇頭手跡漫繫小詩

偶見陳章侯畫水滸葉子疊前韻題博古牌冊

題自藏石谷仿董巨畫卷

再題自畫草堂圖次前韻戊戌

題潘文恭花之寺看海棠圖卷次原韻

題湯貞愍爲汪小珊作琴舫吟秋圖卷

碧雲寺看花

壽徐蔭軒相國八袠

爲許星叔題其先德玉年文畫寒林平遠卷

題廖仲山嵩雲攬轡圖

題何潤夫乃瑩秋夜檢詩圖

題志伯愚銳仲魯鈞兄弟同聽秋聲第二圖

題所藏宋本鑑誡錄後

戊戌五月十八日泊舟滬瀆見沈韻初家藏宋拓
韓勑碑錄其跋尾并附一詩次樊榭韻
題明拓乙瑛碑殘本
贈之江右視學珊廷
戊戌八月十九日阻風彭蠡重題東陽蘭亭仍次
幼雲韻
陸道士以所藏石谷畫十幀乞題
春申舟次偶成
冀北陳太史以蘇齋舊藏張公方碑見示次冊中
蘇齋觀碑學圖詩三首韻

題自畫攜碑訪舊圖

屬彭君再寫攜碑訪舊圖因題

敬觀 先公嘉慶庚辰春題畫詩次韻二首

戊戌臘月調甥以城東晚歸詩見寄漫次原韻

明日調甥詩來次韻再答二首

題陳老蓮撫古冊 己亥

客有持畫來者略似湖橋蹊徑因留之并題

門人王仲蕃錫晉以寄長葛士民詩見示次韻奉
答

柏園姪孫以詩祝老人七十初度依韻答之

余既得宋拓禮器碑珍弃篋中忽失所在窮搜始得因題此詩仍用前韻

己亥中秋見王敬哉爲樹老作送行圖詩畫後有姜學在山水因戲摹之並綴一詩余不解畫秋雨困人遣興而已

題顧若波畫

三題東陽蘭亭

己亥十月九日小病初起姪孫斌孫攜錢叔美焦山攬勝圖來看案頭適有新拓鶴銘殘字戲集二詩

瓶廬詩稿卷六目錄

瓶廬詩稿卷六

常熟 翁同龢 叔平

癸巳

題所藏漢史晨碑

此碑爲許伯緘丈故物光緒癸巳正月借得舊拓摹補首四行漫記一詩

剪雨樓荒子姓無許丈所居名剪雨樓每懷遺事一長吁桃花紙薄雙鉤苦二十年來老眼枯

題精拓褚雁塔聖教序記爲徐筱雲少宰

韓勑分書細入絲褚公書勢遠相師誰將飛鳥依人語

錯擬棱棱諫諍姿

薛書信行禪師記源自龍門雁塔來（余藏宋拓薛稷書信行禪師碑人間孤本與龍門三龕記及此碑絕相似）不遇君家蟬翼拓尚令買褚費疑猜（買褚得薛唐人語也）

書生昵古太無端細字頻將牘背看（是帖鐵乃明時官册紙）省識鐵題爲公兆篠花廳底注千官

爲趙梓芳題王文成書扇（煙客畫）

平生不廢姚江學尤喜廬山大字書世有思田殘疏在不知持較定何如

華亭已渺康州謝昭代開宗有遜之一百餘年重點染

祖庭手澤想留遺

簿書叢裏歲華流漫付緘縢倏幾秋儻使奎垣得欣遇
一堂琴瑟協鳴球去年與哲嗣伯遠同在春闈題奎垣欣遇卷而此卷在余篋未攜入

數行紙尾只尋常根榘深微出二王錯認米家羣玉帖
江南新刻静觀堂

廷劭民觀察雍畫江南春橫幅見寄意在耕煙西
亭閒口占漫答

又到顛風落絮時輕舟小檗尚遲遲誰知塞北詩人筆
偏寫江南倦客思

小隊弓刀已解嚴綠陰無恙上層檐劇憐畫稿詩篇裏

尚有官書雜米鹽時議官兵米折

谿山亭子章侯有今爾谿山空復情開卷獨吟還獨笑

研牋朱印太分明君新鐫一印甚奇

題南樓老人畫水仙卷

癸巳五月子密同年七十壽辰同人方議稱祝子密愀然曰某之生也與吾母先太夫人同日非所敢承乃出一卷示客曰題此即壽我矣卷爲南樓老人畫水仙花九十三莖文端太傅奉以進御兩朝御覽之璽在焉再拜展視敬次太傅公韻題於卷末

吾生與錢君譬若蘭與芷同邀拔萃科亦同肄經史雖
然溷郎曹頗不染泥滓惟君早歸養閨修合內美吾嘗
請南豐孰可繼賢軌南豐首推君忠孝世莫似湘鄉曾文正公
之言如此吁嗟流俗徒冒進不知止欲求升斗養漫以功名
市君於攬揆辰閔默懷母氏壺觴謝賓朋感泣動鄰里
苟非至性深垂老乃如此容臺五月寒官書爛盈几抑
揚系風教豈等判紙尾歸來展畫圖仙露珠百琲此圖
在天壤萬衆所敬禮當時大傅公聖哲深毗倚講論無
朝夕契合若魚水天意鑒公深題語雜悲喜謂當明良
際股肱吾任使尚想汝母賢辛苦宅三徙陳太夫人畫冊賜題者

數十葉朊然教孝之義焉今看此圖中雙璽燦玉卮願君誦蓼莪兼
以植嘉卉纏綿一寸心務使庶政理不才久荒落亦竊
附博依白髮兩秋蓬飄蕭棘槐裏

癸巳八月六日奉　命入闈恩遽中次調卿甥韻
卻寄

驊騮蹀躞待孫陽蘭芷同升君子堂耿耿寸衷天可鑒
英英羣彥海難量嗟余老懶多忘事賸有新詩作報章
回首迎春橋畔路蠟梅如雪比人長

癸巳秋闈和李越縵慈銘韻

夜堂漫綴五星纏又到西風放榜天病馬光陰賫豆裹

歸鴻消息菊花前（余家迴避者度已南歸矣）好詩觸撥如尋夢苦語商量爲薦賢（分校諸君惟內監試得以達之）休道試官添蠟燭眼昏無奈是衰年

以牛酥寄荚卿姪問酥中有味否又問味根安在

掃地焚香興不孤兩邊俱斷是真吾白頭阿叔頻頻問手自緘題寄臘酥

甲午

題楊西亭畫冊和冊中韻

西亭先生落筆堅厚其畫師耕煙而欲軼耕煙畫牛尤爲難得也

老來畫筆更芳鮮生計栽桑並種蓮愧我後生無此福
強紆紫綬不歸田

袁子壽祭硯圖爲伯羲祭酒賦

日日巾車汗漫遊屠沽溷迹劇風流一屢千里搜羅徧
可有殘編五硯樓（伯羲聚書極精）
六俊翩翩亦甚都文章氣節重三吳看花四卷歸吾篋
又見袁家祭硯圖（余得袁壼其貿毋看花圖即霜哺風中之一也子壽先生嘗刻之）

題何潤夫水部　乃塋草堂情話圖圖爲喬勤恪公
作
泰州池臺天下奇喬公風節世所師名賢勝地不兩遘

何生甥館兼得之何生之婦喬氏子婦翁有叔秉節麾
是時東南亂初定暫專一壑荒江湄奇書古畫漸完聚
高松矮竹交紛披東山別墅客不到坦腹獨許王郎隨
親情喜氣盎春酒談笑往往無窮期寫圖紀事亦何意
俛仰陳迹傷別離一官豈敵秀才好萬事不如年少時
何生攜圖索我詩我嬾成病旁人吹擘窠題署嗟力薄
灑墨補空徒爾爲喬公已入循吏傳生平漸老郎曹司
三峯草堂渺何處孤雲落日天南陲東風剗地海棠落
短句聊慰長相思

余既題潤夫草堂情話圖意有未盡復綴三詩後

二首一懷勤恪一則思泰州風土之美也

曾聞何水部居近古揚州煙水一區宅峰巒數點秋高賢親撰杖仙侶晚移舟無限北樓感臨風懷舊遊

試問長安客誰知紗縠行卜鄰吾對宇拜石舊名堂勤恪尊人居烈旺廟街南羅奇礓數十於廊廡顏其齋曰拜石曾身封軺發猶聞判牘忙皆勤恪在工部時事迴環四十載把卷意蒼茫

一水限南北郵程止數籤帆通裏河米市換過江鹽久羨三峯勝真能四美兼鄰翁來往熟吾欲託茅檐己未庚申聞余子姪遷地泰州

揚村道中

一里得一曲流沙淺復深風帆對灣亞岸柳過河陰若
使建瓴勢將毋高屋沈津沽蓄衆水慮此一沈吟（有建議將路河取直者恐津郡水患益急）

送陸鳳石祭酒（潤庠）歸養

多難思致身時平請歸養賢哉陸夫子志意安可量從
來功名際壯往速官謗讀書數十年失路一惆悵夫子
人中龍錦衣侍鳥舫獨居渺深念勇退愜夙尚三公不
可易一飯未嘗忘悠悠捧土懷何日塞溟漲嗟我與諸
生東門黯祖帳

題所收楊幼雲舊藏東陽蘭亭次幼雲韻

我作尚書已過優何緣更作會稽求野梅短竹山陰道
尚記騎驢過越州 同治癸酉與湯伯述遊蘭亭
辟廱稧敘已重開 國學蘭亭近已細如絲髮 石背黃庭付草萊稍喜
之罘王祭酒護持古碣等鐏罍 蓮生祭酒下令禁拓石鼓恐其傷石膚也
書畫論斤載破車詩人生計太蕭疎吾齋賸有貴元考
往往愁時一卷舒 余所收宋拓婁壽碑幼雲物也幼雲晚年貧甚余竟未與之識面

題喀喇沁王並蒂牡丹圖 王名旺都特那木吉勒號衡齋

彤戈彤矢黃金勒車馬翩翩來述職年年臘日粥香時
雙鳳案前承顏色松亭以北春風遲天工刻畫生新奇
洛陽有花八百種此花一洗皆空之珊瑚連蜷珠琲𥨍

衘蕚承跗若膠漆世人莫作兩般看左右中邊并爲一

衘齋主人命世賢經綸餘事工詩篇平生冷笑錢惟演

競進姚黃千朶妍官書叢中眼昏霧醉後塗鴉不知處

明年好獻歸禾篇都荔靈芝願同賦

丙申

題沈仲復女白鳳壽慈畫皖江文讌圖

圖爲仲復撫皖時與同年員梧岡李篁仙王子

範讌集而作余亦丙辰登第者追題此詩

老淚灑南天仙兄竟早仙循良應有傳余秉史筆會合太無

緣數十年中賜讌聯鑣日含辛御匳年同治初年唁君於白雲觀相持

而哭回頭四十載深誼畫難傳

吳門舊棲隱池館一何深謀國有長策歸田非夙心蜃來開幻市（指蘇州近事）鶴去賸空林奇絶觀生筆（白鳳具仙才故以觀生闗爲比）斯樓高萬尋

又題白鳳女史畫册

老人心事雜悲歡册尾題詞字字酸（謂仲復題語）記得耦園（仲復園名）秋雨裏瑶環瑜珥抱來看

三百篇中女士多若論書畫渺山河要知白鳳仙才筆下視人閒燕雀窠

獨遊樂氏園遇李公登眺良久復遊遺光寺循西

路而歸

玉泉如帶走沄沄策馬尋山日未曛轉過一邱還一壑桃花紅徧董司墳（地名董司墓產桃最有名）

獨凭小閣看山色誰識雍容車騎來一笑欲爲終老計問公何地有樓臺（公欲寓此園）

西山山下遺光寺殘碣荒涼四百年偶與山僧談筆法中鋒回腕意超然

題徐頌閣尚書（郙）收舊拓乙瑛碑奚林和尚藏本

釋成榑字奚林諸城人能書工隸見山左詩鈔

池北偶談載荆庵贈奚林一詩蓋國初名僧也

此本會珍跋中奚下缺字細審是林字因拈出之

奚公石墨填禪窟蝯叟重將真面開何子貞得石門頌張黑女誌皆奚林舊物會見蕩陰君表頌走歸竹影研齋來據跋奚公尚有張遷碑竹影研頌閣齋名

點金磨鐵百無成一字何勞考核精謂碑中碎字禮器後碑吾未信曝書亭集本分明竹垞跋乙瑛與韓勑前後兩碑並列且詳著前後碑之所紀烏得謂此碑即禮器後碑耶伯羲祭酒之言吾不謂然

一

過福慶寺

來遊吾未暇意外得卷阿隔水市囂近壓牆山翠多馭

江南父老淚痕斑，辛苦觀君俟早入關。百斛掃空心血盡
觀察屬題斯圖，感歎胡已。
柔西先生古循吏也，生平所心折，今哲嗣爾翰者
題洪柔西都轉冰天雪窖圖用羌中原韻
熟垂衣道曾貧乏，人食臟頒既何等。答曰：此峨松寺有二松
下馬矜飛控鼓門，杖瘦筇雨曆三字，枯蘚剝百年鐘火
海無邊浪西涼幾許州，將才與邊略孰副廟堂求
風勁忽微雨，一陂綠似油。應時天意重，行邁我心憂。
福慶寺坐雨書感
風入老樓隨日空，藏樂老去事消余，待無須數載詞

三堂清極簿書環治民喜續傳家譜藏篋驚看縮本山圖乃陳君縮臨我欲表揚循吏績那堪倦羽久知還

爲汪柳門侍郎題韓桂舲司寇泛湘圖柳門韓公外孫也

君家宅相出韓門司寇高名物望尊駁議已編刑法志鴻泥偶印宦遊痕重來臺閣無儕輩老去江湖有弟昆一笑問公坐何事他年史筆費評論韓公數歷中外屢讁屢起卒爲名臣

題柳門扇扇爲南皮相國甲午殿試讀卷時畫時丙申七月柳門將歸

重茵列坐矮几橫大官讌罷時飛觥醉中詩畫互唱賡玉堂蕭條闕鈴索君歸我留誰與樂孤貧階前紅芍藥

迂伯公別茶小像題付姪曾孫之善

別茶亭荒渺斷垣別茶人去失後昆咄哉百八十八載題者行輩雲仍孫孫年十五識公字甲辰年余始得鄭公千文冊重藏弆同瑶琨後三十年拜公像兼金贖取義弗論此卷癸酉年得於里門陳氏是時寒風凍三泖仲兄舟滯梅里村歸來洗眼覩此卷便陳俎豆開芳樽睠懷喬木感家世願貽德澤培蘭蓀今朝忽又展此畫懺怳身在柏古軒欲呼之善喻我意善乎知我中煩寃溯當康熙中葉盛尚書清望人門尊公爲鐵庵公之姪常在鐵庵公邸別茶翩翩佳公子四海名士縞紵敦尚書告歸攬秀圯作此卷時鐵庵公卒已七年公亦

浩蕩東南坤後來事跡不可紀惟傳書法高吳門與汪退谷何義門稱吳門三家書我今尸素竊高位亦以文學蒙天恩汝

爲吾兄世家嫡豈不思庇葛藟根胡爲一行就外職徑思離觳高騰騫少年試吏非易事先定血氣立腳跟試觀前賢志何等白髮猶逐公車轅此卷爲公四十八歲小像卷中辛卯年詩尚有送公赴試之作嗚呼吾意不可說中有吾兄涕淚痕

題徐榕全鄗藏錢南園畫老馬

杜陵數徧唐畫馬曹韓而下服者寡本朝名手多如雲金吉金奇錢秀雅錢公立朝氣諤諤南廬夜直衣裘薄聖明豈肯斥諫臣當軸難辭下流惡錢公書體迥出塵

落筆欲與平原親横平竪直立根槃中有浩氣盤輪囷江山澄鮮勢清雄以書入畫畫益工尤工鐵鎖寫駿骨十幅百幅無一同榕全寶此瘦馬圖旁人頗笑君恠迂我知君意固有在龍麟自愛千金雛君嘗許我弗我予張君未請輒先許樵野贈我病馬一幅與此相仿兩君一謹一豪逸我居其間孰齊楚今我老嬾久廢詩喜見初雪點墨池摩挱絹素漫嗟賞多少驊騮今立仗

丁酉

畫五毒符

平生不信赤靈符璅璅雕蟲愧壯夫日暮酒闌燈火沸

歸來醉眼已模糊

張南皮曾爲余作數寸小畫精妙無匹時在　殿

廬擬題未下閒坐清談就題紙爲之彈指十年不

免今昔之感偶見扇頭手跡漫繫小詩

鹿床不可見遺韻有南皮談笑雲山出情懷花鳥知悤

悤批敕際緩緩退朝時尺幅重開看蒼涼繫夢思

偶見陳章侯畫水滸葉子题前題博古牌册韻

丁酉十月三日園居臥疾有攜書畫來者章侯

畫水滸小册甚妙即此册跋語所謂水滸葉子

也開闔數次不能釋手是日　仁壽殿演禮臣

緐在　賜酒之列退而賦此

一笑探囊慰老夫那堪庸史與書奴陳生妙具屠龍手
卻寫江湖伏莽圖

親酌天漿賜近臣自驚衰鬢久忘身陳生餓死臣溫飽
一樣踈狂淡蕩人

題自藏石谷仿董巨畫卷

鷯行人傑未全無文學居然勝大夫互市忽來回紇馬
劃城誰獻督亢圖

封疆事大疑難決帷幄謀深智若愚記取伏蒲三數語
首將芻蕘責司徒

戊戌

再題自畫草堂圖次前韻

十三年尚逐鵷行孤負城西舊草堂元日退朝惟默坐敢誇身染御鑪香

掣電飛馳墨數行（電信多予筆）居然批敕立朝堂桑榆難補東隅失尚有人爭海舶香（頃因膠事嘔盡心血卒被人數語割棄憤惋欲絕）

題潘文恭花之寺看海棠圖卷次原韻

西南郊外寺不到十三年老幹久埋雪瘦花難補天幽人發長喟仙子得高眠畫幛猶頻看知余夙好偏（丁酉春同李蘭孫潘鄭盦一遊從此未再來今兩公逝矣）

潘彭師弟契同集此禪房未必花之寺猶留古海棠琴樽吾欲繼衣盋定遺芳儻侍先生側應訶底事忙潘文恭彭文敬爲師兄弟座主

題湯貞愍爲汪小珊作琴舫吟秋圖卷

丁酉圖成丙午詩十年京國數歸期誰知五紀星霜後重溯胥江送別時

龍山琴隱久成神虎阜尋詩記夙因重過君家舊門巷娑羅館榻墨猶新丙午丁未間與炳齋小珊兄弟往來最稔小珊在工部清無點塵丙午歸後不復出山

碧雲寺看花

突兀看花發蒼涼奈老何舊遊題榜在新事詔書多海沸龍先隱山空佛見訶肩輿代騎馬吾意亦蹉跎

壽徐蔭軒相國八袠

玉堂□□舞聯翩宦海相從四十年抵几奮髯猶健甚閉門斂膝自蕭然能扶正氣調元手不墮頑空擔道肩四海未清公未老天教眉壽似增川

爲許星叔題其先德玉年丈畫寒林平遠卷

滄滄涼涼有如此真氣盤空秋在紙李檀園耶奚鐵生俗眼紛紜徒舉似先生作畫筆勢豪後人捧圖涕沾袍酒泉玉門渺萬里子孫鼎貴前賢勞新堂初成兩腳響

雜花離披竹偃仰同時在座李蘭孫與祁子禾讀畫談詩發
遐想三人宿草留一人我亦漫浪乘飛輪乾嘉諸老風
流盡太息汪几山彭甘亭高爽泉郭頻伽陳曼生皆卷中題詩者

題廖仲山嵩雲攬巒圖

四嶽皆崢嶸惟嵩獨逶迤儼如古德士一靜天人師周
代降神頌漢室禱雨辭山靈應大笑紛紛徒爾為洛陽
冠蓋地車騎爭交馳獨我廖夫子清遊卻旌麾平生不
騎馬兹行輦鐙隨馬與人一心跽拜肅厥儀公馬驟遂而不墜
登春兩門敬展萬壽祠天中測姬聖一畫參皇羲和氣
所包孕天下皆熙熙乃知峻極處不在險與巇賤子嗜

奇癖泰華曾訪碑雪花滿襟袖猛進猶忘疲未窺太少
室浪走終非宜今將浮海去頗思良友規渺覿大河濱
黃流日瀰瀰旱寒茭竹防毋使東南趨離情有萬端乘
安不忘危願告嵩山雲灑潤徧海陲

題何潤夫乃瑩秋夜檢詩圖選祁文恪詩也

諾題頗勇報章遲草稿難教覓舊詩搌節忽逢辭闕日
棘圍尚憶鏁廳時深沈苦語真無底傲兀奇懷各有思
從此怕登西爽閣一傾濁酒淚盈卮
惻惻秋風作冷天熒熒燈火檢殘箋要知韓孟雲龍契
不僅朱陳兒女緣文獻百年耆舊在山川一氣性情連

篋中無愧絲綸掌豈獨詩名重日邊

題志伯愚鋭仲魯鈞兄弟同聽秋聲第二圖

和林秋風起何處不入江南萬行樹江南亦自有秋聲槭槭蕭蕭苦征戍廿年離合亦常事萬種悲歡難共喻時伯愚在北仲魯在南大圜洪鈞覆萬物獨以金天妙陶鑄或愉或戚或蕭散或託歌詞或騷賦老夫平生無不可到處安閑欣所遇曾從華頂作重九又向秋江問官渡今年忽掃舊巢痕徑往鄉關守祠墓計惟仲子當一見車馬江干勞小駐伯兮開府渺天北瀚海黃沙隔煙霧渥洼名馬已分贈闕特勤碑書莫附古來秋士重堅節肯為

浮名感遲暮君看獨鶴與大鵬豈願啁啾一方聚不然
拔頹好連床何事梧桐秋兩句題詩相勖兼自勵明日
飛輪指歸路

題所藏宋本鑑誡錄後戊戌五月時在成山洋

標題鐵字真成陋計葉論錢亦太酸傳與後生增一笑
海濤聲裏幾回看

戊戌五月十八日泊舟滬瀆見沈韻初家藏宋拓
韓敕碑錄其跋尾并附一詩次樊榭韻

刻石已失秦琅琊諸城刻石今年二月墮海韓敕古拓虛願奓咄哉
山東鄒魯地跳迒徧野難羅罝一從劃膠新議起開堂

築路爭紛拏聖人如天道如地彌綸六合無津涯羣經
諸子雖破碎侏儷亦解相矜詩如何突出無道國大類
貪佚羸秦家摧殘橫舍毀像設剪伐嘉樹滋蓬麻去冬膠州
事皇朝柔遠示無外彼來王者禮有加楚氛縱惡元氣
定妖餤化作榑桑霞卻思韓勑腐儒耳乃似碩果秋孤
花慇懃尊孔造禮器獨見天意堪吁嗟海風鬱蒸酒未
醒任余醉墨揮橫斜琅琊刻石至今無恙蓋傳者之妄壬寅五月記

題明拓乙瑛碑殘本

戊戌六月廿有七日苦熱小極子恆姪孫以殘
本乙瑛碑見餉漫題二詩

尚書珍祕奚林本徐頌閣得奚林和尚宋拓乙瑛買客徒誇鱗研藏鱗研沈仲復齋名也今年見所收舊本自笑寒酸老居士摩挲殘墨抱餘香

聖道榛蕪異學鳴通經猶有魯諸生如何屢著司空戒

轉使臣龢佚姓名碑佚數葉遂使孔龢名不見趙戒河附梁冀者也

海程行過復江城無限蒼涼北望情傳語蛟龍莫作劇

將之江右視筱珊姪

老夫慣聽怒濤聲

戊戌八月十九日阻風彭蠡重題東陽蘭亭仍次

幼雲韻

墨痕鐙影忽三秋陳迹何須刻劍求臣里帝京原一致

又攜殘夢到洪州

生面重將定武開一家一石總蒿萊如何執著飛仙影

二百鐵題有抱罍吳平齋自號抱罍有二百蘭亭齋

契合真如引綫車墨緣偏重世緣疏家書新購千金帖

江上愁懷暫一舒項氏闕帖幼雲舊物余在滬上一見而無力購致余姪筱珊乃割俸成之

陸道士以所藏石谷畫十葉乞題

老夫扶病懶梳頭畫本詩囊散不收卻喜元都晨過訪

手攜巨冊夜光投

兵火連江避劫難卅年民氣尚凋殘護持儻仗神仙力

不獨縑緗待補完此冊於粵寇亂時衣帶中攜出

曾收樵客中年畫運筆精微與此同不透宋元真法乳
縱橫縝密兩無功

春申舟次偶成

春申浦畔子胥祠正是山寒木落時四裔竟將魑魅禦
寸衷尚有鬼神知老韓合傳誰能辨劉李同官莫漫疑
此去閑門空谷裏會須讀易更言詩

費屺懷太史以蘇齋舊藏張公方碑見示坎冊中
蘇齋觀碑等圖詩三首韻

米市東偏菜市前青棠門巷一淒然覃溪先生居京師宣南坊保安寺街所謂青棠書屋者也今遺址不可考卻從江國柧棱夢證到蘭陽塔影邊

先生在馬蘭峪扁所居曰塔影軒今余賃屋里中方塔下彷彿似之

肆意著書稱墨者乾嘉而後詡通人談碑瑣瑣渾閑事

辨學齗齗見性真先生與汪容甫辨張遷碑非重刻并竅其學術之失厥後汪著墨子表微先生力斥其謬

故人過我蓬蒿徑手捧元珠送與看屺懷以此碑并王稚子右闕及劉熊碑見示皆人間孤本也

一笑江湖蕭散客同心同暇又何難蘇齋原題有同心同暇得來難句

題自畫攜碑訪舊圖

戊戌十一月屺懷太史過我塔下山房以古拓

數種見示張公方碑蘇齋舊藏也前後三圖精

妙無比因補此圖於余鉤刊本後以志墨緣

塔鈴報我有良朋客未敲門我已譍看徧米家虹月舫
不知老眼怯寒鐙

石墨樓儲隻字無每逢題識手重摹江鄉一段酸寒景
誰補攜碑第四圖

屬彭君再寫攜碑訪舊圖因題

昔歲曾摹蟫藻本今來誰過雀羅門天寒木落雁聲斷
西蠡重將舊夢温

西蠡本來天下士藏書亦冠大江南攜碑訪我坐長歎
未谷蘇齋一夜譚

敬觀　先公嘉慶庚辰春題畫詩次韻二首

煦嫗春風細草扶不教飄泊趁城烏編籬樹柵尋常事解體天慈護衆雛（雛）

孤花亦可憐彈指歷四序雖非歲寒姿不作冰霜慮渺矣優鉢曇一見即超悟

戊戌臘月調甥以城東晚歸詩見寄漫次原韻

十年長閣筆一笑忽塗鴉米老腕無鬼蘇公眼有花祇應吞白鹿豈敢畫丹沙（余不能寫紅紙）君欲觀雲篆還尋蔡少霞

明日調甥詩來次韻再答二首

平生湖海氣鬱律動青霞久矣欲投筆何曾講畫沙大
書愁殿榜細字怯燈花惟有白團扇時時誤點鴉
側聞漁隱子天半自朱霞堪笑長瓶客需雲亦在沙洞
庭鶩木葉秋圃愧黃花不見西飛鶴愁來數暮鴉

己亥

題陳老蓮橅古冊

二冊共二十葉爲林仲青作　先五兄所收以
畀余者也己亥三月蓉廬展玩因憶所見悔遲

諸迹輒題四詩

最好金陵剪兩圖夜堂捧硯有吳姝靡蕪亦解騷人意

未到深秋已半枯 剪雨圖軸自題長歌

突兀俄驚丈六身嬋娟不耐作天神丁生憔悴江南客

錯認尋常賣畫人 神女圖最奇麗丁叔衡物因貧賣去

竹平安館舊裝池彷彿西園李伯時更有十行完白篆

一時并落漢江湄 葉雲素藏閱古圖及鄧布衣篆巨幅今在楚中某氏

眉僲軒中孰雁行仲青仲豫兩詩狂瓶翁漫作追隨想

朝夕來焚並几香 余收得一冊爲豫和尚作約略類此

客有持畫來者略似湖橋蹊徑因留之并題

青山一角出牆隈行過湖橋路卻迴啼鳥落花渾寂寂

不知已過北山來

門人王仲蕃錫晋以寄長葛士民詩見示次韻奉答

古人重守令所職在牧民豈惟司民牧貴與民相親子之於父母疾痛靡弗陳父母之於子孩提逮成人撫摩噢咻之動息察微塵居官三字箴扼要在一勤王君宰長葛廿載民氣馴感恵兩俱忘教養常相因莫作官長看爾我關天倫莫云師道嚴善誘惟循循春雨被原野木榮草亦欣清風入萬家不遺賤與貧一朝換邑去提封喜比鄰兩境爭好官千言寄深仁我老伏田里守默見道根未能澤一方但蘄善一身王君附書至稠疊分

俸繒缺然久不報邊巡歷冬春古誼求勿說新政日有
聞河洛天地中舜禹所親巡其俗本纖嗇其賈多苦辛
黃流雖順軌周道行開輪安得百王君坐使本業敦小
詩匪頌禱望治意殷殷

柏園姪孫以詩祝老人七十初度依韻答之

自信平生鐵石腸寒花雖老尚凌霜夏畦鬼自懷邱隴
春夢婆偏話戲場凍硯晚增書勢健湖鐙夜引棹歌長
今年雪比前年好且與三農細較量
休言柏歷與黃腸二百年來閱幾霜太息鬬龍橋賜墓
久戍走鹿苑荒場本支自有貽謀在儉德方留世澤長

韋氏傳經魏家笏後來青史費評量來詩有仙人鏡語此吾祖司寇公賜額也感歎舊事因推論之鬬龍橋尚書公葬處

老來無淚觸柔腸真似枯柯耐雪霜地下團欒兒女國山中鐙火佛仙場帽檐迎日猶嫌暖屐齒登山未覺長酹罷一杯復長嘯世途如海故難量

壘前韻題陳章侯博古牌刻本

被髮行吟楚大夫不堪羸病怨狂奴篋中圖畫都捐盡賣到長江萬里圖石谷此圖余所珍重近亦付常賣家

持籌無術愧庸臣祇恤民艱不恤身赤手能增無量數桑羊孔僅爾何人

吳儒卿釋玉峯姚湘漁趙次公同過山齋次公有
詩依韻奉答
悠悠魂夢依先壟草草生涯築此堂何意殘年得棲隱
尚隨諸老共徜徉長愁敢說江湖樂暫聚應分星宿光
漊港漸淤紗布賤（自港汊湮而高區無水利洋紗行而織婦苦矣）吾儕何以濟
窮鄉

酷熱小齋如炙拈筆自嘲
懶襲江村漁樂圖秖應寫我小西湖綠蓑青笠扁舟去
投老遺忘一字無

畫楊柳桃花漫題

緋衣與綠衣只解競芳非獨有郊原客東風燕子飛

齊天保百佛銅牌

寂寂空林響水車湖陂深處是吾家草堂正擬安瓶鉢
先乞西鄰薝葡花

破銅斷壁儘分攜手拓銘文請我題我有一龕唐造像
不曾搜剔到蕭齋

讀宋史

商英邪說攻元祐鄭相中宮有與援千古文忠與文正
易名一事竟誰論

題許豫生貞幹青燈有味似兒時圖

横海圓顱民欵無羈角時斯時一彈指肝鬲刻鏤之恒慮嗜欲深念念屢遷移不見烏鈔窠一飛謝故枝許君秉至性示我青燈詩中有血淚痕依戀母氏慈憶通金閨籍方以青雲期青雲不可致還走南海陲一笑博歡顏萬古傷別離何以慰子心近事有可師南樓夜紡圖仰邀九重知富貴何足道堅貞永自持山廬黑無月蕭蕭松櫝悲殘燈翳復明含酸題此詞

題舊拓大觀真本殘葉

此本末有陳懷玉鐫四字張叔未先生定爲大觀原刻余謂此商邱殘石舊拓也宋牧仲筠廊

偶筆云宋城有幸山堂宋高宗南渡時嘗駐蹕
崇禎中沈氏濬池得片石如黑玉乃淳化帖九
卷第一段王獻之書也董文敏欲以百金購之
主人益珍惜別刻一石以應求者明末寇變乃
瘞蔬圃中後覓不得云云按淳化與大觀明代
往往不辨此刻瘦勁有神紙墨古雅僅有大令
書第一段與牧仲所說適合當是宋元時未入
土所拓也漫綴三絕用蘇齋題大觀詩韻
倉皇南渡宋君臣豈暇評書共鑒真淒絕幸山堂下路
築池瘞石又何人

大觀刻手每稱臣僅勒工名恐未真碎事輒糾張叟筆

清儀閣後有傳人

憔悴江潭老逐臣摩抄古墨寓天真卻因祕閣千金帖

追憶觀齋獨樂人（壽陽所藏大觀殘本余屢得見）

調卿錫以壺天風月圖見示感慨題之

少壯嬰利祿晚年獲幽居憂時浩無涯自適乃有餘解

帶問農夫今年穀何如月出秋蛩鳴眷言息吾廬扁舟

入城來親戚爲歡娛吾錫信才俊抱素潛里閭家有數

頃田兼有千束書築樓雖不高青山渺縈紆憑闌一尊

酒肝膽滿八區粲粲集羣彥雕詞豔瓊琚勝賞自足傳

畫圖亦蕭疎圖成二十年乃今以視余題者久成塵謂余
孫安余其彭祖歟觸事一感喟身世兩躊躇不敢與物
志亦不隨俗趨明發還山中瓜豆行可菹

余既得宋拓禮器碑珍弆篋中忽失所在窮搜始
得因題此詩仍用前韻

皇綱一弛羣論邪書律既破衆口參差之銖黍謬千里
往往雑兔同羅罝漢桓失御黨錮起權臣宦豎交騰羣
厲公作詩歎時政若涉大水無津涯蘇齋祇論隸勢古
匪僅八角無芒誇上追古幣下鼎爵包括程蔡鍾梁家
書生考證亦何益徒令聚訟紛如麻我昨獲此重拂拭

函以文木綈錦加無端蕉鹿付一夢虹月幾化天邊霞
世緣聚散盡如是澄觀早悟浮漚花要知一藝有根槃
莫與運會同吁嗟展碑忽覩叔節字潼亭誰訪殘陽斜
楊秉字叔節與韓勑同故及之按太尉楊震碑
秉陪陵京師則末句潼亭爲失考矣猷又注

己亥中秋見王敬哉爲樹老作送行圖詩畫後有
姜學在山水因戲摹之並綴一詩余不解畫秋雨
困人遣興而已

策蹇何人向日邊歸來滿篋載雲煙誰知瓶隱廬中客
別有江湖浩蕩天

題顧若波畫

曩在京師識若波於沈仲復處數共談讌嗣若波遊東瀛不復知其蹤跡己亥九秋次公示我此畫感歎不已

老作諸侯客狂來海外遊長貧甘寂寞短詠妙清道畫史亦無數斯人不可求猶餘故人篋高壓舊山樓

三題東陽蘭亭

乙未詩憶與湯伯述同遊蘭亭事今年十月伯述之次子邦彥由蕭山來訪而是日適有持東陽舊本來者客去展所藏幼雲本因次前韻

山陰遊跡真如夢越峴湘湖不可求璽紙荒涼危發露

過車老淚灑西州外舅敏齋先生久殯未葬前數年幾被發鑿今乃合葬於富家池邦彥云

定武何妨一再開姍姍仙骨渺蓬萊隔麻精拓香浮几

細篆回文儼古罍昨費屺懷以宋隔麻拓本見示是定武而無界綫洵奇物也

家家石墨可兼車莫怪偏旁校勘疎拈出重行還一笑

竗雲倦眼未全舒頃見之本欣僥一行實複出較此爲勝

己亥十月九日小病初起姪孫斌孫攜錢叔美焦

山攬勝圖來看案頭適有新拓鶴銘殘字戲集二

詩

此山真得江流勢尉史爰留不朽銘黃石下藏爽塏土

丹旌上掩幓徵亭

瘞石真銘得表藏余手拓鶴銘後以贈高麗使臣金益容浮江吾亦事朱方元詞不爽仙重集余兩過此山一日入佛殿甫啟扉大聲發空際蓮華座墮一瓣焉導遊之山僧曰客其主吾山乎曩時蓋嘗有是某長老即其人也余笑頷之此丁丑年事今老矣未知此緣何如留此丹禽上下翔

十月望泛湖看月

山容本肅然入夜氣逾靜微波有時平風力不得騁驪龍忽已睡明珠自弄影炯然照見底天水相與永何年無此月何地無斯景可惜宵漁人汲汲理笭箵

短歌付之潤即書畫扇上時潤往吳閶

山空多風木葉稀寒花已綻藥草肥陽氣厥析驗化機

欲歛不歛節候違老夫南榮弄朝暉歸根踵息微乎微
扁舟念爾胥江磯夜寒無酒應添衣男兒意氣淩九畿
慎莫鶩外失所歸養生真訣知者希金丹不伏焉能飛
惟以一靜敵百非後生秀碩來頎頎潤乎潤乎其庶幾

再題大觀真本殘葉

偶閱牧仲西陂類稿更得此石原委並得陳懷
玉鐫四字碻據其云沈石兩面刻字乃閣帖第
九卷第一二兩版旁有陳懷玉鐫四楷字兵亂
失去康熙丁丑余姪璹掘地復得精采奕奕爲
北宋刻無疑又自正鎬廊偶筆中誤語而於閣

帖大觀之辨仍隔一重雲霧也叔未解元精於金石知是大觀本矣而未見西陂所記遂執石邊小字爲原石之證不知彼皆有臣字此無之也己亥十一月廿二夜偶閱此帖嗟歎崇甯大觀閒政事因綴絶句

温公一代古賢臣端禮門碑恐失真鐫罷不名仍涕泣石工安氏爾何人

題歸訪齋丈靜坐聽鳴泉圖遺照

青柯坪頭夜敲扉祕魔崖下弄珠璣我生愛泉如渴驥迂怪未免旁人譏歸來解帶默無事時與田水相因依

今觀斯圖若前契開函不覺長吁嚱訪齋丈人已千載
松石間意誰能知脊令原上一滴淚漲起溪谷流瀰瀰
嗣賢繼武信才傑（子瑾先生）徧徵京雒詩人詩九十四年一
彈指誦芬積善雲仍貽我展斯圖再三拜先人題墨猶
淋漓白頭恍侍父兄側（先公及先兄均有詩）映窗弄筆同兒嬉燕
園主人好古士樹石書畫兼鼎彝捧圖索詩乃到我得
毋布鼓雷門譏吁嗟王謝舊閥閱詩人屢被催租欺清
冷之淵好洗耳薄寒製我山中衣

知稼屬題李君楞莊臨蔣公百花卷次知稼韻

何妨水墨變丹沙濃豔蕭疏總一家（聞原本乃墨花）羨煞太平

閑草木不羼海外曼陀花

筆端郁郁復亭亭一卷攜歸滿裹馨題畫小詩還和韻

隔牆臘鼓喜同聽

畫扇自題

朔風一號萬木斯肅掃我庭除敞我茅屋彼荏苒者乃

蜷而伏

仿石田送行圖畫一扇付彼珊姪

别君千萬里鄭重此一揖不畫潯陽江琵琶太嗚咽

瓶廬詩稿卷六

瓶廬詩稿卷七

目錄

題唐人書十一面觀自在念誦儀軌經

趙次公挽詩代萊卿姪作

題家藏靈飛經真跡

沈石天畫藥龕和尚屬題

藥公得乾隆庚午邑先輩顧鈍伯畫蘭以爲三峯故實余題此詩

無錫劉石香。繼增調卿甥之好友也冒雨見訪調卿有詩因次其韻

答調卿甥見懷

調甥過我山居

次韻劉石香寄懷二首

題湯貞愍山水卷

姚古愚狎鷗館校書圖為張景韓題

為奎孫題康州畫卷即用卷中韻

為姪曾孫之繕題西廬畫册

題玉版十三行

為金酉叔茂才鶴洲題慈烏村圖

畫蘭

畫寒鴉枯樹

辛丑正月五日訪藥龕長老於三峯下院藥公出

王東莊雪圖索題次卷中詩韻辛丑

陳道復桃村圖爲藥龕賦

爲楊吉南題小蓬海外史畫冊

蓉洲王丈所藏宋拓小字仙壇記庚申之冬曾爲題句蓉丈既卒其家請瀕石楊公銘墓因以此拓贈之今藏其嗣吉南獻叔處辛丑正月持以見示

開卷愴然用前題詩韻

白玉本十三行爲獻叔世講題

題張兩生畫

題王石谷留耕圖照

題王蘅梅遺照

戲仿青藤道人紙鳶圖是日大風雪

題季文敏師舊藏頴井蘭亭

題李緘庵先生七十一歲小像

上巳有感

上巳書所見

題錢少甫秋江灑淚圖

題元僧世殊寫首楞嚴經

寫經冊有祖觀題字觀號覺阿吳中詩僧也道光辛丑余曾見之

題雲間陸氏畫山水

送蘇蒳圃表兄寶成還湖南任所

宋拓薦季直表爲徐子靜題

謝家橋古銀杏

大慈寺

題蘇書趙清獻碑

題費屺懷夫婦秋窗論畫卷

題丁生畫兼及彭君

題張公方碑爲汪柳門侍郎

維摩寺

題繆柳村遺像

散步聽田水

衡門

題繆文貞公硃卷

吾友吳儒卿鴻綸竹橋先生之曾孫也一日得范公東叔贈先生敘褒卷命題敬賦二首

門人陸吾山襄鉞觀察浙江便道見訪賦詩爲贈次韻答之

題何子貞篆册爲趙生仲舉

題何蝯叟書洞庭春色賦

題鄒芷汀文沅遺照
題太平有象硯拓本
自嘲
題薛慕淮葆槐母郭夫人萱闈課讀圖
題檇李計壽喬梅花西舍圖册
題華亭賈淞山水矮卷用卷中林吉人詩韻
爲王聘三題瑯琊王氏九老圖
書楊德輿舒城殉難題辭後爲梅里鄭榮纘
爲知稼翁題潁拓碎石
爲吳儒卿題舊本東陽何氏蘭亭

題儒卿藏舊拓懷仁聖教序

偕知稼翁破山寺訪桂未開

辛丑八月舊庖丁雍姓攜南皮相國小畫四幀索題口占應之

從梅里至許浦口號

中秋月出復翳夜坐悄然見荊門畫漫題

送許丹廷表姪聯桂還江右

題張稚珊仁勳七十生子述懷詩

題戴文節畫扇

舟詣河陽山

訪河陽永慶寺寺在山腹
六朝柏雪附枝古跡也余驚歎之或曰非也
過蔣文肅公墓
界涇叠卞書所見
題楊西亭東塔圖
題蔣文肅畫花卉卷
題沈石友西泠覓句圖
臨蘇書摘頌爲補小圖
十一月四日過興福寺門
觀西蠡題萬歲通天造象

瓶廬詩稿卷七目錄

瓶廬詩稿卷七

常熟 翁同龢 叔平

庚子

庚子二月得觀祝少英藏宋拓張遷碑乃寶山邱氏滙天閣故物雙鉤一通並題二詩

東京摹刻俗工多雙下城旁校若何既且從旼猶不問
況論點畫小沿訛（末谷於雙城二字謂繆篆填空之法）

問訊金昌祝少英從來貨殖有虧盈四門不閉興蠶務
幾見公方治穀城（藏碑之祝少英建紗廠於蘇州旋爲官款所困）

題趙次公灌園漫筆

花農真合住花田借得奇書手自編不數世間凡草木知君心事在梅顛君重修梅顛閣

冷笑廬陵作記人洛花名號幾番新荷鋤抱甕非吾事付與東風浩蕩春

客以河東君畫見示僞跡也題尤不倫戲臨四葉漫題

纖腕拓銀鉤曾將妙跡收在京師曾見河東君狂草樞帖奇氣滿紙可憐花外路不是絳雲樓

重題明拓乙瑛碑殘本

庚子四月汪舥亭攜示一本與此對勘拓手較

勝客退題此

成榑已入榕全匣（成榑奚林和尚也）猶喜斛溪有墨緣得見參寥真面目談碑未了又談禪（是日能亭又以宋刻參寥子集見示）

三字三横三折筆三年始去筆頭尖惜懷太華雙碑客零落鄰侯三萬籤（李若農嘗言此碑三字入錄雄渾用三年苦功始得其髣髴其新居建太華雙碑閣有海天浩渺之觀）

山居杜門能亭自鄰過訪以扇索書己丑關中用壁閒韻詩則一字不能記矣賦此奉贈

一笑公何避客深江干車馬竟遥臨抛殘吳郡新詩本漫說蘇州舊翰林影事久隨春夢斷爪痕還付雪泥沈

蠶絲正熟新秧綠聊話量晴課雨心

題唐人書十一面觀自在念誦儀軌經

光緒庚子五月望松禪居於墓廬超然有得於萬物之表時曾孫之廉患寒熱瘨病瘌者展此經治寒熱病瘨瘌且以種種藥治種種病松禪曰藥即是病病可已而藥無已也因綴二詩示之

世運滔滔感不禁偶然失腳便浮沈儒門自有長生法第一真傳是養心

養心無藥亦無方動輒隨緣靜退藏任爾邪風吹不去

蠲除芥子白檀香經以此二物治癎

趙次公挽詩代荻卿姪作

多病思故人時艱惜奇士遼哉非昔翁一瞑不再視丈夫生世間功名能幾何文字山水福所獲良獨多憶君少壯時殺賊大江口攖身探虎穴喋血不肯吐洎乎歸邸園自號花田農芒鞵青篛笠見者疑坡公我世與君舊結交等弟昴談禪證往迹春夢都無痕我疾君屢問君病我不知桑戶與子張並世信有之或云世途險羨君獨長往我謂人天劫菩薩亦悽愴故人不可見見此金石心月落山鳥啼何處尋知音

題家藏靈飛經真跡

庚子五月京師拳匪事起七月洋兵入城　聖
駕奉　慈輿西狩而都中圖書金石掃地盡矣
此經以攜還江南免於劫火豈非厚幸然士大
夫立身不能濟天下之變徒以苟免爲幸亦可
恥矣漫賦一詩次吳槎客韻

狐鳴篝火眩妖符巨石風刀事有無敢道過江衣褶在
烽煙澒洞滿皇都

沈石天畫藥龕和尚屬題

畫派兼收南北宗別開境界妙清空詩人各有千秋想

豈必衡量白石翁嘗見石天畫跋推尊石田甚至乃或謂欲爭勝石田者妄也
劫火回風佛護持時時開看慰朝飢如何一掬酸寒淚
竟似河梁古別離謂售畫之人

徐公鐵筆寫梅花遺迹多留浙水涯此畫曾陪詩縣令
故應供養梵王家冊有鐵孫丈詩跋丈畫梅奇絕阮文達稱爲詩縣令後殉粵寇之難

樂公得乾隆庚午邑先輩顧鈍伯畫蘭以爲三峯
故實余題此詩

佛說三千大千界我懷百五十年前山堂當日一揮灑
添得紛紛書畫禪

萬蘭叢中一竿竹勁挺森梢不能曲焦仙古洞獨出奇

處縮蚪龍在空谷此卷叢蘭中有竹一枝瘦而勁秀今日藥公以焦山曲竹杖見贈故戲及之

無錫劉石香繼增調卿甥之好友也冒雨見訪調甥有詩因次其韻

九龍嶺下我曾遊第二泉邊屢滯留自歎纍臣同屈賈敢將餘子比曹劉空山風雨三椽屋滿地江湖一葉舟莫續轉蓬攀桂句天涯何處閏中秋

今雨還同舊雨來愁顏應逐笑顏開三閭後裔空懷楚屈蔭堂司戶參軍尚憶台陳紉庭兩君皆調甥至戚自有性情敦古誼豈因詩畫掩奇才石香江南名士通達古今兼工詩畫挹青樓小縱容

席卻作元龍百尺猜石香下榻俞氏挹青樓

答調卿甥見懷

六十年中事何從證雪泥余年十四府試未畢聞姊病亟歸已不及矣吾甥已頭白嬴老更顏低弔影天涯雁長鳴風雨雞逕南無可說且與說逕西甥住西逕岸余住南逕塘

調甥過我山居

吾衰方苦雨客至亦衝泥躡屐籃輿滑叩門風帽低茶經泉有蟹野餉樹無雞不盡談詩話悤悤日又西

次韻劉石香寄懷二首

劉有寄滬書巢圖取楞嚴空生大覺中如海一

漚發之義

平生六鑿涵天游文圃名場亦暫留江上偶然餘一秃世人猶自說三劉薄寒正蠟尋山屐夜雨偏回泛剡舟萬衆天涯同悵望豈容宋玉獨悲秋

一漚一發一如來處處圓明性地開難得甘黄孿下澤莫因寒拾鈍天台尖風冷月無邊相瘦竹孤花未易才山鳥不知吟嘯事看人開卷輒疑猜

題湯貞愍山水卷

金陵城北大江東琴隱高名想像中十八畫人留一个天教湯戴作雙忠公與戴文節世稱二忠臣畫

湯公妙跡開廚走篋裏惟餘羣玉堂余所藏米帖乃公舊物題識極多
詩畫淋漓徧江國故應配食米襄陽

姚古愚狎鷗館校書圖爲張景韓題

後生仰前賢儀觀森在目譬如適舊都下馬敬喬木狎
鷗圖好在題識已成束遠者大父行近亦邑耆宿姚翁
不及見一水支塘綠側聞臨水軒經史塞破屋俛仰百
二年光陰如轉燭張君雅好事收庋袐函櫝介我知稼
兄徵詩下及僕烏乎帝王都烽火莽馳逐圖書一大厄
掃地鬼夜哭多難足興邦悔禍必獲福伊予性狂簡田
野甘蹉伏時時詢故老過事多感觸新學肆頹波鉛槧

歷簿錄誰肯歛才華低顏事卷軸吾鄉雖叢爾文學有
遺躅即論詩字派元氣有涵育禮樂儻再興世運行當
復敬告諸先生吾其卣鄉塾

爲奎孫題廉州畫卷即用卷中韻

縹緗傳子復傳孫賸我孤舟泊水村昔跡重尋成一夢
夕陽雖好近黃昏染香庵裏蕭閒筆柏古軒中子細論兄所居軒名
篋裏畫禪摹本在不辭刻畫斷冰痕余有香光小卷粗相似擬並几嵗畫之

爲姪曾孫之繕題西廬畫册

此吾　先五兄舊藏宋漫堂張晴嵐方葆巖諸

公流傳有緒者也畫之神妙何待贊揚題詩誌

感且以勖之

有明當季棄家國阽危餘世重奉常畫吾藏與子書（奉常家書數十番述其時流言謗帖千危萬險又以役事破家貧不能給）潔身因黨禍破產爲

官祖天與傳忠孝清名在建儲（謂藻儒相國）

昔日重孫慶芝乎爾最先（之繼生時有芝生庭先兄侍宦命名曰之）大楙猶

健在古柏亦欣然（兄所居曰柏古軒）即此墨林寶真同祖硯傳

立身要強勉不獨守遺編

題玉版十三行

是册奚奴自都下攜來劫餘物也儒卿金門先

有題儒卿年八十四猶作小楷金門字旣精緊
詩亦超然寒夜展觀因綴二絕

芙蓉閣上珠光豔機密房中酒興長一片江山已殘缺
有人鐫刻十三行一作酣嬉歌舞平章業積歷文譜巍速房一寸山河人不讓南朝猶說十三行

回首東華迹已陳前記題詩乃廿年前東華門外酒肆事江鄉吟社一番
新頗憐俞子詩成史猶喜吳翁筆有神一作金錫感慨詩成史稼老沖夷筆有神

爲金酉叔茂才鶴聯題慈烏村圖

馬隊文人集牛行舊德多客尋宋廌渡我敬老鵶窠余東

髮即知吾邑詩書舊族日老鴉筈畢家家舉機絲處處窠裏金家故質言之以記里語

梭側聞苦旱潦生計近如何金村左近水道不修頗失水利

畫蘭

隴水無端西復東南枝憔悴北枝空莫言草木無情物亦自裵徊冰雪中

畫寒鴉枯樹

昏鴉亦可憐日暮尚翩然切勿爭枝墮風霜損汝眠

辛丑

辛丑正月五日訪藥龕長老於三峯下院藥公出王東莊雪圖索題次卷中詩韻

春城萬戶喧闐若自幽絕老僧喜我至迎笑展齒折飣
盤得甘鮮圖書亦羅列東莊有妙畫水墨互聯綴空明
淡蕩意即此是禪悅輞川與洪谷未暇量優劣承平風
雅事俛仰一飄瞥西望萬雲山頃刻變炎熱

陳道復桃村圖爲樂龕賦

竟比停雲出一頭五湖老懶早歸休白陽自稱五湖老懶折枝破
墨尋常有如此溪山未易求

長橋流水自成村靈府何曾隔洞門寄語南陽劉子驥
人間到處有桃源

莫予說經宗馬鄭趙君好古媿歐陽故人渺矣不可見

却到藥龕禪榻旁（此卷莫部亭以贈趙能靜者兩君皆余舊識也）

爲揚古南題小蓬海外史畫冊

吾宗小蓬海外史洞庭東山支也居吳江之平望所畫花鳥蟲魚皆入妙品余幼時尚及見之

寄村（平諱是）雪舫（濟諱乘）吾家畫（兩公係叔姪吾家司寇公之後也）名與樓霞老鶴俱（二公皆工花卉雍乾時與馬揚相後先）數幅丹青傳者少百年文獻近來無卻看笠澤小蓬海足繼詩人鶯脰湖（小海尊人海村公善畫稱名家著金石極富自稱鶯脰湖長）讀罷剪鐙重回首蘇齋邱墓已荒蕪（吾翁氏在北平覃谿先生父子最著余訪得其墓表揚之今不可問矣）

蓉洲王丈所藏宋拓小字仙壇記庚申之冬曾爲

題句蓉丈既卒其家請瀨石楊公銘墓因以此拓贈之今藏其嗣吉南獻叔處辛丑正月持以見示開卷愴然用前題詩韻

蓉丈書律守晉法瀨兄筆妙兼剛柔二公一質一通敏
我獲師友同時求道光以來臺閣體峻拔競尚柳與歐
元和腳硬瘦金峭更有北派浩莫收顏公此書信奇絕
麼縮尋丈歸寸璆不知巧工誰著手黃仙鶴輩煩雕鎪
憶當春明廟市盛金魚換此珊瑚鉤道州嘉善兩題記
皆歛老孥鋒芒遒余年四十亦賡續蕪詞纇句黃茅稠
略如少陵拜杜宇頗疑天寶開龍湫嗚呼 定陵北狩

日神京門戶勤綢繆吾儕未暇論文史時時北望雲山
愁前詩題於庚申歲杪正棠陽駐蹕之時中興大政煥一變干戈漸戢禮
樂修如何客星犯　帝座又見華蓋西南流乾坤蒼莽
倏卌載故人零落俱千秋草堂人日客攜示墨痕依舊
春雲浮撫時懷舊百慮集安能覓學忘機漚老夫浪語
客莫笑世論于今多謬悠

白玉本十三行為揚獻叔題

雜遝羣仙事有無神光離合太模糊陳思亦喜幽并客
未肯低頭受玉符
湖上平章亦可憐建儲送款巧周旋至今一片西泠石

賺盡書生十萬錢
碧玉清剛白玉肥較量波拂到纖微近人別具談碑口
頓覺承平老輩稀

題張雨生畫

雨生精於六法駸駸與國初名家爭席不幸早卒遺墨漸湮其子耽伯以所藏摹古八葉屬題展視數過感慨係之

筆力能通萬樹梢平生精詣在山樵吳漁山黃尊古而後風
誰繼文董兼參字亦超君書仿停雲加以淡遠豪興不因官況減
酒痕已逐墨香消東華一昔渾如夢燒燭圍鑪待早朝

十年前君來京師除夕宿吾齋明日別去遂不復相見

赭山東望鬱蒼涼百尺樓高舊跡荒君曾任海甯知州父老尚呼詩縣令郎君又見小歐陽黃齋白粥書生味畫篋書囊傲吏褒他日數文題字處先臣眞蹟待平量耽伯亦善畫

題王石谷留耕圖照漁山補景

龢謹按此非留耕圖也圖無嚴家景物而漁山詩曰仍韻則前有闕佚可知詳詩中語氣亦非施於儕輩者長者也先生二子長字留耕而王氏譜有壽田公者證以金詩所稱壽老意壽田別號留耕歟圖中旁侍者其留耕歟圖貌石谷

先生則不得以留耕名之矣或留耕別有一圖
先生題其端而吳宋金三君和之後經散佚附
綴於此歟餘既得展拜先生遺像略爲辨證敬
綴小詩用漁山韻
不用王侯倒屣迎不煩奉几事先生桃花流水空山裏
自有書田自筆耕
心到歐羅西海邊漁山幻迹等雲煙題詩豈解留耕意
抛卻桃源數畝田漁山既奉景教浪遊不歸其志與先生殊途其借畫事乃後人傅會耳
二老相期訂耦耕捧歸祖硯見深情謂揚研谿丈還圖事騎牛圖
已傳天壤此卷還應別署名

題王喻梅遺照

瑞峯茂才奉尊甫喻梅君遺像屬題是日得拜耕煙先生留耕圖像既次漁山詩韻題於卷尾復移其韻以題此卷用以見君家世澤之長也

門外千帆日送迎超然闤闠一書生君所居在大東門外其旁米市其外則曠然平疇矣好山青到東皋路悔不當年共課耕

古木新祠大道邊行人瞻拜識耕煙最難七葉雲仍裔大啟三槐潤族田君樂辦善事多矣而經營義莊尤力

斯圖端合繼留耕二百年來愾慕情會與君家傳盛事瑞峯循謹能文期其遠到老夫慚愧說科名君續刊虞陽科名記

戲仿青藤道人紙鳶圖是日大風雪

寄語小孩兒寒溫總不知春風如此大吹破汝紅衣

讀書豈不好爲恁放風箏綫斷猶能續書生到底生

題季文敏師舊藏頴井蘭亭

丹魁堂下老門生不盡臨文感慨情卻憶山陰修禊日

蠡臺何事竟渝盟永和九年姚襄請降殷浩激使叛去右軍帖所謂蠡有反噬之誡者指此也

神物蟠泥孔壁藏豈因補字損珠光宋牧仲謂頴上蘭亭初拓頴字殘缺次拓則鑿壞矣

長官賢否關風教志傳應難合二張跋碑者張登雲毀石者張俊英也

一事差堪補軼聞神龍本又落淮濆咸豐中有潁川李君爲鎮洋縣令得褚書蘭亭石攜歸余見其拓本即神龍本也卜家片石今竈失潁川石尚有一片在州民卜氏家誰具氈椎訪李君鎮洋令李君不知其名

題李緘庵先生七十一歲小像

古之君子仕於朝以民物爲己任退居於野則以教其鄉之子弟爲職其道一也然其中必有超然萬物之表者以余所見則緘庵先生其人也先生長於余十餘歲自少至老無一日去書而沖夷澹遠意甚閑暇詩酒之會山澤之遊余常與焉今余歸而先生墓已宿草其嗣鏡宇茂

才奉遺像命題詩以悲之

志士局聾轂幽人甘槃薖豈無珪組懷涉世恐婞嬰之
子少篤學丹黃日紛羅上窺軒頡文下逮工藝科大道
會羣碎支港通洪河充然一碩儒後生賴鐫磨憶昔湖
江沸白日舞蛟鼉百室既蕩盡一家命則那（庚申年事）歸來
睨空堂旅鴿得舊窠世路苦偪仄我懷自委蛇十年前
見君白髮垂瑳瑳老病日以侵諄復語無訛猶云恤嫠
緯在事毋蹉跎（己丑見時諄諄及恤嫠局事）一別不見君見此朱顏
酡春山雨冥冥雜花委庭柯大雅不復作吾衰將如何

上巳有感

今日修禊辰祓除應更新欣欣苿麥秀浩浩江南春江
南雖云樂奈此燕晉秦輾轉尺一書迍邅屬車塵皇天
覆萬物煦嫗無不仁會當敷大澤蘇彼孑遺民世運有
回斡時政毋逡巡頹然一釣叟飲泣西湖濱

上巳書所見

春社半臨流餳香豆粥稠鳴鐃人讚佛偃幟客呼舟惻
惻情何極穰穰福自求親恩無可報忠厚即貽謀是日拜香
者俗云報孃恩

題錢少甫秋江灑淚圖

庚申之亂錢君少甫之母李烈婦避地五渠明

年賊至烈婦麾全家以免而獨身投水死少甫
是時年十一耳數十年來攀慟無已畫圖以紀
余題之曰秋江灑淚從其志也並賦此詩綴於
卷尾

孤兒牽衣慈母叱四十一年如昨日錢君頭白哭江村
欲寫此圖無此筆嗚呼此景安能圖圖成似有還疑無
沄沄一水荒塍在莽莽菰蔣落木疎憶昔虞鄉賊鋒橫
細弱煢嫠并一命數語倉皇義類精死生決絕心神定
我昨言尋東澗墳在西山界河沿殘碑歎仰河東君河東一瞑
門風替豈若此圖傳子孫

題元僧世殊寫首楞嚴經

曩在京師得唐僧曉方墓石及元僧世殊録字楞嚴六卷後有清珙題跋清珙吾邑人世稱石屋禪師者也曉方唐時名僧亦吾邑人余既得之欲分置三峯興福兩寺先以經寄趙次公屬送興福會興福主僧化去是經遂留次公家比余戍戍還山謀諸次公以爲藥龕長老山中耆宿又吾兩人之舊遊也盍以經歸之而次公不幸遽卒其嗣坡生捧以還余乃於辛丑三月三日以經六冊補書四冊都兩函致之三峯寺藥

公文室與所藏元刻首楞嚴經並皮一龕庶藉龍象之力永鎮山門乎曉方石余出京時未得攜歸屋既易主又遭拳匪之變聞燬去一半矣因題四詩簡藥公

幻術陰魔世豈無阿難底事謗文殊黑風吹海祇林火撼動摩尼髻上珠

山僧筆勢妙翩翩定與鷗波證墨禪洗盡經生纖仄態永興庵裏綠蕉天

冊尾偏留字數行清公耆宿重諸方宋元遺跡無人問吾邑周神廟宋塔今已失去我自矜誇佛放光

棠梨花落杜鵑啼北墅淒涼日又西（兼濟次公）手捧白縢還

一笑要公迎我過前溪

寫經冊有祖觀題字觀號覺阿吳中詩僧也道光

辛丑余曾見之

覺阿真妙覺絶口不談禪五百梅花樹（覺阿善談諧住庵日有玉百株）

梅花）息息六十年

題雲間陸氏畫山水

此畫余弱冠時得於京師舊有籤題雲間陸氏

山水未之考也吳梅村有題雲間山人陸天乙

虞山圖詩曰云是操微後代孫飄殘兵火遺名

姓則其畫無款識與此正同矣天乙名灝字平
遠華亭人其人當在明時嘉隆之際
漫說機雲幾葉孫華亭處處有高門偶然署款稱天乙
未欲留題印雪痕老去徧搜圖繪錄童嬉忽憶海王村
當時競賞名人筆可識無名道益尊
送蘇蒴圃表兄寶成還湖南任所
流俗嗟庠監高懷獨渺緜青衫百僚底白髮十年前君長
余歲一鄉園春三月辰陽路幾千隨行無健僕早晚慎滄
眠
吾邑人才盛君家德業尊康公古循吏文采舊王孫薄

俸身常足遺書口尚温遂峯姑丈藏書甚多何時歸興動期爾款

柴門

宋拓薦季直表爲徐子静題

平生僅見東沙刻老眼今逢宋蜕精斂盡神鋒入銖黍

成侯心畫本和平

滿口婆娑不識佛天台山鳥勸君歸何如一切都捐棄

黑老虎來爲解圍韓逢禧嘗學佛再髡而再髮後入天台遇樵者詗之曰滿口婆娑哄度日云云此冊有韓印故戲及之黑老虎乃前跋中語也

謝家橋古銀杏

潮塘神守静突兀兩蒼官對立若相語孤摯良獨難雷

鸞枝辟火秋老果登盤卻怪維摩樹頻經匠石看

大慈寺

不見招真治何緣訪大慈我尋一木殿(宋時有大木浮至)僧誤六朝碑(僧指斷碑爲梁碑實宋時鐘樓記)歷劫龕無恙(建文造象前年於此掘得)重榮樹有時鯨呿爾何物豈必繫安危(明時燬鐘禦倭寇)

題蘇書趙清獻碑

元祐四年蘇公以翰林學士出知杭州史稱爲當軸所不容其實公之得罪在邇英進講時也公三月被旨此碑之刻在四月則將出國門時矣其時臺章紛然積不付下公欲陳辨而不得

碑言仁宗朝重諫官之選蓋隱有所指此碑墨本箸錄家皆未見西蠡吾友得此天一閣物海内無二珍重賛歎輒綴短章

天一閣本世莫見丁君賛君次第收英靈文字有契合

杭州流轉歸常州丁松生杭人 西蠡籍常州

元豐元祐朝局換兩公官轍先後同趙公惟與執政忤

蘇公乃致臺諫攻

力爭青苗常事耳一琴一龜未足奇蠹魚食此數行墨

高齋心迹微蟲知碑缺一千餘字

題費屺懷夫婦秋窗論畫卷

畫師世斗量幾人識畫理惟有賢豪流醞釀本書史遂
裘不欲住歸去弄雲水仙人在何許並几笑相視摩抄
蘇米跡扶剔倪黃髓槃槃千古心併入數番紙秋風昨
夜來關山渺千里孰云江南好雁訊雜悲喜以茲論畫
法平量天下士宗派各分張真僞多疑似世人無可語
良友深閨裏彼哉比翼圖富貴良可鄙

題丁生畫兼及彭君

少日揮毫氣吐虹晚來憔悴臥江東誰將學舍官湖地
借與坡仙作寓公

劇憐左手高南阜頽似長洲沈石田我有長江圖一卷

精心摹擬笑耕煙

題張公方碑爲汪柳門侍郎

張公方碑宋拓本以蘇齋之博僅見汪容甫一本耳然容甫尚疑爲覆刻余往來南北乃見東里潤色全者凡三本何其多也竊謂談碑當以神韻論不僅以點畫論往見海豐吳氏本乃真古拓其次則蘇齋藏本缺畫已不全矣蘇齋曾寫三圖疊疊題詠今年四月晤柳門老弟於三峯僧舍出此共賞雖較前兩本爲少遜然神韻固已遠矣因題三詩和蘇齋韻

昔蹟重尋廿載前墨花鐙影已茫然（余曾鉤刻吳氏本）要知蟫藻籤厨本未到秦淮驛館邊（吳本出於巴氏汪容甫先生未見故有覆刻之疑）

騶騎雍容馳傳客京華風雪叩門人（蘇齋本得之羅兩峯故畫贈碑圖又以東平觀碑及與宋谷諸公品碑爲第三圖）明珠豈是輕投贈四海悠悠孰識真

白藤羣墨都繙徧更出公方洗眼看僧舍相逢還一笑同心同暇本無難（原詩有同心同暇得來難之句）

維摩寺（一舊事一新詩）

鼎臣姪孫信宿維摩歸言山中勝景信筆書此

維摩亦名刹少小我頻經一樹隔江見（古銀杏）數峯當戶

青詩僧攜鉢去道光時主僧古崖略能詩一夕遁去妙相散花靈散花殿像設奇妙當日桃源澗原無李尹亭李公亭在維摩路上是時猶未建也

祇林重建堅綦迹倏淒涼尚待麦雲肇來題望海堂寺僧一虛重建比落成而僧化去聖鐙雜燐火煙艄點江光菩薩應微笑何心攬八荒舊有望海觀音像今無之矣

題繆柳村遺像

辛丑四月余在山中一日繆少村廣文躬叩門請謁以家藏名畫見示並奉其尊人柳村翁遺像屬題三十年前余與柳翁相識僅知爲名醫而未知其收藏之富也今乃於其喆嗣得之感

歎不已繆氏所居曰柳陌西距河陽山三里而近河流紆曲凡七折而環其廬古之詩人所謂溯洄從之宛在水中者非耶翁之志事具見楊張記傳中茲綴三詩次濠叟韻

徐市東偏柳陌西小橋流水得幽棲祇知本草經傳繆（明繆仲淳著本草經疏）誰識雲林閣仿倪

君家圖畫記林塘更溯高名述古堂（元時繆仲素有述古堂其子叔明有林塘圖）怪底飛來黃鶴跡墨痕猶帶古時香（所收畫本皆精尤以黃鶴山樵爲最）

流俗頹波感慨深濟時須具孝慈心故人已有千秋筆

賸我山中酒獨斟楊張皆吾故人今並逝矣

散步聽田水

我戀江村景扁舟來往頻農忙牛轉水路熟犬迎人隄柳如藏霧籬花尚帶春點頭不相識左右是鄉鄰

衡門

衡門之下可棲遲眞覺江村事事宜巢燕居然分主客井鼃自解辨官私偕踐曬網漁家傲分竈燒松稚子飢信口獨吟還獨笑近來詩句已無奇

題繆文貞公硃卷

文貞公事業磊磊塞天地奚待贊揚此當日會

試錄卷葉臺山所賞拔者也故略舉其師友離
合異同之迹以見君子所處各有所難也
萬曆癸丑歲禴清典春官炯然紅紗眼鑒此鐵石肝後
來進退際各各翔龍鸞豈伊議不合遽開恩怨端逆璫
肆虺毒首尾深宮蟠弗擊必爲妖擊之善類殘嗚呼元
臣心獨任萬古難欲將綢繆計靜鎮朝堂誰西谿毅我
語定知傳者謏即使出公口奚關平生歡君子與小人
區別如蕭蘭旣云吾氣類忍作差池觀光緒辛丑夏積
兩五月寒端午日己巳弔古增悲酸爛爛三百年紙敝
印未刓誰言制義淺中有浩氣盤師友何足道所貴大

節完悵望東林庵弱植慚南冠

吾友吳儒卿鴻綸竹橋先生之曾孫也一日得范公東叔贈先生敘裒卷命題敬賦二首

一敘尋常耳流傳百卌年魂歸大江水東叔先生後夢自沈於江斷小湖田款款真交誼恩恩況別筵從知性情厚自不落言詮

三世楹書在曾孫九十翁謂儒卿攜筇來市上挾筴過牆東屬我題詩句因之識古風碑陰先友記敢說柳州窮兩先生皆先祖潛虛公所嚴事者也小子其何敢辭

門人陸吾山襄鉞觀察浙江便道見訪賦詩爲贈

次韻答之

主國民爲本匡時政在人大才當出世直道豈謀身我相三千士惟君一个臣區區稻粱事夙志未云伸臥疾江湖大長貧天地知上樓嗤脚輭照井覺顔衰詩好愁來處書酣墨缺時老夫多倔強肯與世人期

題何子貞篆冊爲趙生仲舉

蝯叟篆勢天下奇如縢如鐵如蛟螭直將古意變斯凝仄結繩而上追皇羲非昔先生振奇士圖書碑版兼鼎彝收藏此冊來詑我意我俗眼駭且歎豈知我亦有奇癖先得一本無參差呼樽並几發幽賞相視莫逆窮諧

嬉吁嗟非昔今何在舊山樓下絶履綦有時鼇與過君
舍路人怪我垂涕洟尋常草木尚欲止何況衽舄長留
貽遺孤抱冊忽致贈謂於日記中得之苦言惻惻不忍
聽展視惘惘若有思平生交游徧天下名流韻士如風
馳葉（潤臣）景（劍秋）沈（仲復）潘（伯寅）凋謝盡我篋不受一物遺森然
此例在朋友九原可鑒千夫知西風吹雨水游至遑恤
已病愁民飢錦鯨卷還坐悲嘯空堂且詠東洲詩

題何蝯叟書洞庭春色賦

東洲居士好寫此賦余見數本而訛字不免此
趙坡生以贈之廉者也

竟致黃甘三百顆豈同烏有一先生東坡醉後忽長嘯
欲把西湖變洞庭謂潁州西湖
坡書守駁還如跛蝯臂騰空更出奇同是一般矜慎意
此中真際問誰知

題鄒芷汀文沅遺照

璇洲舊德啟高門還向東莊溯本源吾七世祖參政公以鄒氏繼翁後
豈特通家稱孔李故應同出自丁桓扁舟鄉國過從數
樽酒春明笑語溫聞道劍光喬木在風流真不愧離孫君爲蕩口華氏外孫從秋其母舅也
珍重元章書畫船分貽遠寄意纏綿名碑敬一收藏外

青桐軒所藏小札檢臺閣公前輩貞忠愍鄒奇秀柘田
據仁聖教札二物比皆君所贈我
悲秋人已老問誰銷夏錄臺編要東坡生桃芝、句曲張丙生俱
凋謝回首平生一惘然
浮世風波宦海深惜君未得早抽簪十年不改書生面
凡三圖自二十歲至四十九死難銷壯士心旅館繐帷空寂寞墓門
宰木已森森杜陵別有傷時意人日題詩淚滿襟

題太平有象硯搨本

硯背刻文有正德字疑明內府物也坐雨山廬
漫爲詠之
師林鹿苑事微茫遠物何須貴趣賞兼象大平還有象

要知人樂即天祥

大將軍檄四方馳豈有蛟龍起墨池卻怪姚江勲業盛
一篇程作刻奚爲王文成硯刻山東程墨一首亦正德年作

自嘲

辛丑六月四日竟夕爲蚊所苦晨起作

松禪先生真賤儒半生出入承明廬黄金横帶紫綬紆
謂非干祿誰欺乎忽然被放歸里閭所在編管如囚拘
家無薄田輸官租又無一椽安厥居雞棲斗室常沮洳
草履滑澾衣被濡蝨虻蟣蚤蠅蟻蛆撲緣竟夕肱不舒
今年大水起兩湖豫章宣歙連杭衢浸淫漾衍來吾虞

吾虞北江南具區形勢汙下釜底如況挾盲風怪雨俱
田荒屋破民其魚先生雖貧樂有餘案有筆研架有書
奈何祇知謀一軀皇天鑒物無私儲汝饒名碑好畫圖
兼有古籍施注蘇胡不以之易貝珠亦足數輩㕓羸扶
坐視戚戚何其愚嗟哉先生真賤儒

題薛慕淮 葆槤 母郭夫人萱闈課讀圖

郭爲淮生侍御夫人袁爽秋之外姑也

苗夫人墓昌黎文廈千載後見袁君袁君一傳忠孝筆
世人贊頌徒紛紛偉哉賢母有賢子手抱遺圖淚盈紙
過江風雨黑如磐訪我山中我病矣夫人教子兼教女

女實漸西袁氏婦袁君拜疏天地驚舉室蒼黃無處所
棲乎奉教勿敢驕曰勤曰儉曰擇交緜也終身負母訓
痛念　先皇兩字褒同治十年吾母卹典有賢母之褒諭

題檇李計壽喬梅花西舍圖冊十二葉甚精

畫龍已飛去詩句爲誰題惆悵高人屋聞湖西更西
清儀有佳句詩畫鄭虔官一觴寫言耳先生真達觀
索居村市遠歸老墓田蕪亦有寒花閒淒涼不忍圖

題華亭賈淞山水矮卷用卷中林吉人詩韻

華亭仙人已長眠右湄秀起康熙年當時太平氣象古
山川穆穆羲皇前雖然矮紙亦奇絕一掃萬壑澄風煙

老夫論畫如論史欲觀滄海先原泉時和物遂性情正
神韻綿邈秋毫顛苦瓜蜨叟非不好惜哉鑿破鴻濛天

爲王聘三題瑯琊王氏九老圖

果然海鶴出東溟奕葉朱顏照汗青孝義里兼通德里
少微星是老人星清芬我自悲傳笏古說猶能證與鈐
更喜柳南文筆在後生幾輩識儀刑

書楊德輿舒城殉難題辭後爲梅里鄭榮纘

國初諸老詞翰二十六番凡三十一人皆楊先
生殉難紀略後題辭也先生諱廷璧字德輿江
都人舒城縣教諭崇禎十五年四月張獻忠自

襄陽竄廬州而糾別賊攻舒城先生守西門城陷被執罵賊死其妻汪殉焉其季子繼蕃被刃蘇負骸出紀略一書其手輯也今紀略佚矣而此冊郄儒所稱汪傳者亦佚無繇知臨難慷慨之狀惟江闓詩敘差爲翔實而通賊武弁孔姓者則見於孫枝蔚詩中先生死難適當國變喪卹未行然則所稱忠慤者殆私謚也揚州志及舒城志不知詳著其事否滄桑已改碧血未湮尋繹遺篇不勝感慨

鳳陽陵廟已全荒蓼六皖潛盡戰場一片龍舒乾淨土

獨留博士死封疆流賊屢寇皖境最後乃破舒城而廬州陷矣

左軍避賊倏西東一柱惟聞有史公收禮遺孤歸幕下

可知同志有雙忠其子拓庵即繼藩也史公絕命時相持痛哭見曹復彬詩

赤眉碧眼互睢盱此事蒼茫近代無死節死忠同一哭

千秋風槩是吾徒觀此冊因感門人王祭酒哀太常諸公

爲知稼翁題顏井碎石

明嘉靖中顏上人發古井得蘭亭黃庭石刻甫拓數紙而蘭亭𣪘字已殘爲一俗令妄補大可憎崇禎間縣令張俊英者惡上官索取椎碎之縣民卜氏得一片極難拓即此本也

神龍遺跡久銷沈頹井翩翩筆勢尋天與俗工除類筆

明珠原不受塵侵此碎石類字已毀其半適當俗令所改處　右題蘭亭

照誤爲昭皃誤完紛紛摹刻太無端越州祕閣渾難辨

且作停雲海字觀石雖一角可比樂毅海字不全本唐以前照字諱平聲照照即昭昭也覆本作昭謬甚至皃墜之皃竟刻作完更不足論矣此殘石適有此兩處故附記之　右題黃庭經

爲吳儒卿題舊本東陽何氏蘭亭

此東陽何氏初拓本裂痕尚淺明季所拓則筆意鈍滅而墨花亦多矣儒卿三兄於庚申避賊時珍重祖澤攜以自隨嘗置之荒江露葦中此一段故事豈昇山落水所可擬哉四十年後白

頭昆弟復得展覽不勝欣幸

欣字中間複一行維揚流轉到東陽平生不信姜俞輩

卻取偏旁細較量東陽本向之所欣欣字一行往往重出裝潢時多剷棄之

一帖無端性命輕彝齋畢竟是書生過江衣褶勤收拾

中有承先啟後情

題儒卿藏舊拓懷仁聖教序

此本氊蠟渾厚是宋時物與何氏蘭亭皆庚申

倉皇兵火中攜出者也

戶口冊牋真古厚積書巖本最清雄華亭自是飛仙訣

未抵良常下學功余曾見良常所收宋戶口冊拓本不知即是馬半槎所見否

稼翁九十猶強健講德論文我所尊此是君家真祖硯懷仁不愧右軍孫

偕知稼翁破山寺訪桂未開

輕輿經北陌散策入香林此寺古來古（唐時已稱古寺）一山深復深攀時吾有憾斫卻爾何心詩石空依壁寥寥千載音

吾聞破山側有寺牓高林（高林寺在興福左近絅堂告余寺有高林豼流初記石尚在而人莫知矣）鐘鼓空山答松篁別院深摸碑前代蹟禮塔老人心興廢尋常事惟聞澗水音

辛丑八月舊庖丁雍姓攜南皮相國小畫四幀索

題口占應之

北風吹酒醒不見花開處寒香與清氣併入幽人句搆杖欲相尋翠禽忽飛去 右雪後園林詩意

鶴峯南畔小茅廬湖水微茫曉靄初我有五洲煙雨卷不知持較復何如 右仿米南山

畫樹須能轉香光語最精盤拗中有節枯瘦兩忘情大壑龍蛇起荒原風雨驚人間凡草木有福老承平 右竹石老槎

鹿床歸臥好湖山忽躡長虹去不還看取弱毫揮灑紙淋漓生氣滿塵寰

相君垂老意優尋見獵依然喜不禁猶憶殿廊同夜直
竟裁疏蘽寫寒林 右仿戴文節樹法

從梅里至許浦口號

北去溪流曲似之長橋活板最相宜潮來潮去渾無定
客與舟人兩不知
魚鹽小市路難行行過長橋上海城斜倚獨輪且長嘯
路人齊說老先生
怪我何緣兩鬢皤卻來東海看濤波眼前指點狼山好
差勝當年春夢婆 海壖茅屋老婦人指狼山日客胡不往遊
潮頭衝突挾泥沙旋向中泓逼兩涯我道平灘是船步

不知船底有人家（人言岸日埗日逼數年前屋俱在水中）

中秋月出復騎夜坐悄然見荆門畫漫題

木葉蕭蕭柳已黃回汀曲渚路茫茫不知懶瓚何情緒
祇說江南未下霜

一輪才吐暈微黃又見浮雲白渺茫我不勝寒何足道
瓊樓玉宇有風霜

送許丹廷表姪（聯桂）還江右

海上觀濤日山中訪桂時居然來遠客慰我久相思世
事驚棋局衰容感鬢絲石鐘舊遊處題句問誰知
竿牘非吾事論材有大公青氈康吏後玉斧舊家風且

衹懷中刺應收釁下桐樸誠天鑒在慎勿歎途窮

題張稚珊仁勳七十生子述懷詩

吾聞八閩有陳氏九棘三槐蔚杞梓當年麥麩過田家七十一翁舉二子侯官陳氏之祖因食麥麩綱廣家女生二子厥後纍纍印綬支分派別幾及萬人又聞蘇州太守李厥父勤勞績治水八旬解組樂林樓喜聽啼聲雛鳳起河南李藏生爲吳郡守其尊人生太守時年已八十矣張侯矯矯人中龍青油幕下常從戎辭官養親歷患難培養元氣藏神鋒惟餘一念在民物欲令斯世無瘝癃作堂開局百事理我雖善頌安能窮皇天佑民理可測不重浮名重隱德果然肇錫石麒麟頭角崢嶸善知識近

來額風務貨殖往往驕奢鮮隱惻得君數輩維持之天亦遲回藉人力張侯張侯聽我歌我今窮老依巖阿自炊黃米嘗一飽其如沙渚飢黎何赤嵌回首多濤波吳門春釀朱顏酡聊徵二事發君笑（閩與吳皆張君所宦游）位育堂中有太和（張君主位育堂舉各種善事）

題戴文節畫扇

廿載內廷書畫史（湘鄉公語）半生湖海地行仙曾經食筍齋頭見篛帽青衫意灑然（吾年二十見公於澄懷園公將歸矣）

團城絃誦有餘聲慷慨從容孰重輕一卷禮經傳不得更無人說邵先生（錢唐邵位西先生與公先後殉節）

愈澀愈生筆愈靈當年妙語我曾聆（先生論畫如此）可憐十月江南景一角殘山分外青

舟詣河陽山

襆被經行便扁舟坐臥俱買魚停大墅淘米過西湖稽事從頭數橋名信口呼偶然逢野老相與話前途

霜清天宇肅四望極空明野樹兼紅綠秋原半稜耕魚蝦隨地有鷗鷺傍人行卻念乘槎客何時達帝京（時奎孫北行）

訪河陽永慶寺寺在山腹

一徑繚而曲三峯斷復連微聞龍有角不道藕如船（形家

（言如藕節）擔竹尋牛迹，炊松塞竈煙。門徒是山鳥，且與共參禪。（雜僧應門）

六朝柏雪附枝古跡也余驚歎之或曰非也

突兀蒼虬腹，居然雪附枝。圖經頻著錄，父老尚然疑。君問千年物，今無片棟遺。（寺有二柏大可蔽牛者經粵寇伐去）書生空眤古，耳食竟如斯。

過蔣文肅公墓

丞相祠何在，高墳說蔣公。紹封新赤芾，（世職已斷今始再襲）餘韻舊青桐。直節委蛇際，訏謨閟默中。後生太狂簡，無淚灑秋風。

界涇鼇卡書所見

客從何處至攜杖獨徘徊豈是催租去將毋漏稅來縫衣新製黜臥鼓老兵回昨日鹽船過牙門未敢開

題楊西亭東塔圖

癸甲間得此畫於京師亦漫置之耳戊戌放歸賃張氏屋適當塔下明年余從南涇塘而弑孫又賃此屋蓋日夕與翠堵披相周旋也辛丑九月題詩示之

自我歸田廬田廬無可歸賃居方塔下閉戶聊息機但聞烏烏音不覩金碧輝或云當鼎新衆論多從違阿弢

從北來亦苦無枝依我遷徙遂留雁燕相代飛屋西一
畝地卉木頗芳菲豈無三宿戀恐被佛祖譏憶我數年
前服官居京畿退朝見此畫中夜發長欷罡風相輪墮
劫火城郭非豈知投老年於此寄荆扉萬事會有定達
者審其幾且吟塔下詩毋爲歎覊飢

題蔣文肅畫花卉卷

策策西風落木疎雁遲馬疾睠川途誰持一卷蕭寥筆
來慰空山老病夫

略仿彝齋小折枝墨痕如水氣淋漓知公不數容臺集
此是熙朝極盛時作此畫時公由司農擢長春官

矮紙曾題字數行旁人怪我語蒼凉湖山自是幽人福漫與前賢並較量戊戌二月得公畫卷與此適同余詩有榮枯開落原無定才了官書已白頭之句迨四月放歸若爲之兆云

題沈石友西泠覓句圖

呼船松木場放魚三潭裏言過退省庵主人臥未起山雨忽然來淋漉透巾履彈指卅六年名流去如水客從城中來示我石友詩石友洵奇士妙句偶得之詩人貴成名豈屑流俗知安得揚鐵崖爲編竹枝詞西湖竹枝詞有吾鄉繆叔正先生一首

臨蘇書橘頌爲補小圖

荆溪安得千頭橘陽羨曾無半畝田公自飛行太空裏我猶執著小乘禪荒村燈火題詩處橫野青黃讀畫年爲補一圖見公志人生何處不隨緣

十一月四日過興福寺門

別有蕭條景寒楓擁寺門泉喧龍有喜風定佛無言地剪碑留字橋矴屐著痕（席家墳近在寺側其碑雍正中立係壟清寺界而僧不知以爲席氏墓
碑也）可憐八叉手無處弔詩魂（謂席梅生此墓或是其家遠祖）

觀西蠡題萬歲通天造象

白髮將軍老守邊裴岑侯集與周旋仙人爲指唐時石似識登封萬萬年（薩湘林先生好道久任伊犁將軍此造象從西域攜歸京師）

題韓勑禮器碑

新學滔滔重揳揄六經厄運有乘除已無拭履鍾離意

況說脩書董仲舒

小除夕回城

木石從人誚汗萊待我開長生鵝鴨福小試米鹽才畫

地原無圈占風亦有臺鄰翁欣一醉昨夜賣柴回

瓶廬詩稿卷七

瓶廬詩稿卷八

目錄

題沈運客遺照

爲之廉畫虎並題

再題

長歌付之繕

有索余畫者余無以應乃檢所藏張南皮小幀贈之并題一詩

題王宜看雲圖贈王少谷念祖

畫檇李

再畫檇李一枝

題張南皮相國畫册

僕人得殘本舊拓懷仁聖教集冊中所有字題之

次韻俞甥調卿除夕元日二首 癸卯

次韻除夕元日二首

用前韻紀在朝時除夕元旦故事亦西京歲華之例也

上元前一日次金門甥韻

再和金門

張帆過王莊

散墩

乞花一枝置篷底

沈公周藏唐大中年高府君墓甎

南潯張弁羣增熙藏乙瑛碑明拓本

題殷譜經樸樸庵留別圖

舟中即事

三層樓飲茶

題傳笏圖次　文勤公韻

清明節墓祭有感

山中即事

三月望舟中

口號

東澗老人墓

山居即事

瞿文懿墓

田家即景

爲姪孫斌孫題石谷無款畫卷時斌孫將之京師供職

山居偶成

題徐印士元綬剡溪別櫂圖

臨石田竹堂僧寮圖

山居雜詩四首

鄒巷古籐花

福山紀遊雜詩十首

薔薇

柳花

題董文恪山水小卷次原題詩韻

山居偶題

謝廖仲山贈篆竹杖

還山居

山中頗有客至

次調甥韻贈劉石香

題金壽門畫册用蝯叟題壽門花卉詩韻

題舊藏盛伯羲祭酒贈文和州卷用卷中韻

簡張季直

題張子貞張伯冶合璧畫册

爲徐翰卿題董香光山水小册

題楊子鶴棲霞山館讌集圖

題石谷畫松南田題詩卷

題同里朱蘭洲 藻 楓嶺碧血圖

摹萬年少贈顧亭林渡江圖

再題渡江圖次祁公韻

贈石西亭老人 時庚

題逸休先生詩草

山居偶吟

題自畫

題沈石田送行圖

題舊藏沈石田蘇臺紀勝畫冊

題沈石田贈尚古先生詩畫卷

題庚子畫扇扇有曲江雁塔語

次韻題章侯博古牌刻本

和俞錫調卿除夕元日兩詩 甲辰

調卿好詩又好道仍依前韻調之

用前韻答俞佑萊　鍾穎

次韻寫懷

佑萊以苔牋屬書近作愧未能也次前韻答之

次前韻紀時事

邵息盦太史（松年）和淮字韻詩輒以父執見推非所敢承也追溯先德報以小言

次前韻再簡息盦時上元後一日

調甥疊韻見示云禪漁聯唱已成巨卷再答之

次韻春雪酬調甥

次韻再答調甥

息菴和詩述祖庭東園先生曾任淮甯政績炳然而余前詩未及詳也謹補是篇次章謂息菴主講新建學堂事

冒雨送客遂至山廬次韻簡金門

重有感簡金門

題趙石農手摹其尊人賣藥圖遺像

題明宣德仿天游石湖玩月軸

有逐余舟呼冤者紀之以詩

支溪

觸目

瓶廬詩稿卷八目錄

瓶廬詩稿卷八

常熟　翁同龢　叔平

壬寅

壬寅元日戊寅平旦畫虎數十幅以其一寄筱山食肉封侯兩不知蝸廬相對鬢如絲童嬉彷彿三生事憶否跳空踞地時

張氏潞水條峯二圖爲耽伯題

潞水謂息園公條峯則鹿樵先生也皆紀歸養事

朝廷教忠先教孝許以庭闈易廊廟余年丱角侍重慈

親見先人承色笑維時前輩鹿樵公壽萱愛日春融融

辭官養親乃家法（公之尊甫息園公於乾隆辛亥以御史告歸）三十三年先

後同一圖再圖紀恩遇海內詞流悉欣慕退朝花底每

長歎（先公詩中語）驚歎先人舊題句先人與公氣誼敦談經

諏史兼論文京華賓從浩如海一榻惟因徐孺尊（先人在京師公闢一室署先人別號每過從輒居之）古人贈言義非淺志節勳名必交

勉當時一語性情真廿載迴翔約終踐山廬昨夜寒花

開展圖感舊空徘徊張生有毋時迎奉浙水吳山好去

來

送姪孫烔孫之官四川

少小常憐汝分飛忽一天目窮漢陽樹夢繫峽江船形
勢荆襄控風雲衞藏連圖經勤攬取餘事愼餐眠
舊學皆新法民生即利源艱難通百產忠信結諸蕃事
事當從實言言悉有根此邦繫天下纖屑待評論
悽惻吾家事蕭然樂志堂窮儒嗟薄祿謂二姪感集閟幽
光二兄古文未刊幸汝能傳業他時好顯揚一錢不妄取彝訓
是官常

題宗子戴舜年藏舊拓禮器碑

世人誰叩金絲壁海內猶留禮器碑難得吾儕三數子
空山相對夕陽時

何須尋究到偏旁四百年前古墨香且與皇戲證年壽皇字下半年字無損皆明拓之據什言消息卜三陽

重九登高感昨遊草堂人日歲頻周忽羹餉客尋常事

安得重沾寒具油余詩綴西蠡跋後西蠡記已亥重九於文公處觀余宋拓本

題趙厚子先生岱頂看雲圖

道光丙戌先生登第南歸游岱題者皆名流

俗儒得第如得珠劫劫懷纈貿以趨停車攬勝胡爲乎

雲中君兮仙人徒擇登日觀探石閭頗憾古篆青模糊

山川出雲爲君娛一雲十雲千萬俱吞吐二儀綿八區

蒙繹部婁疑有無秦漢變滅徒須臾畫師神工信手摹

平生宦轍千縈紆題者比附毋乃迂我昔登山止半塗
南天門下僧蜕枯衝泥帶雪摩其鬚畏險不進眞懦夫
我居倚山前帶湖亦有白雲時可呼我不見公空見圖
獨與公孫相喁于遼哉高蹈莫可踰回覩世事常嗟吁

題張臯文說文諧聲譜諧聲紀韻手稿

此皋文先生說文諧聲譜手稿四册又諧聲紀
韻一册上起三代下逮漢魏惲子居嘗爲敘而
未刻者也其書分古音爲二十部又精寫小篆
細如刀幣文而以今楷書注諸家之說於下洵
實笈也趙惠甫得之常州流傳有緒前後無題

識久恐湮沒惠甫之子君閎（寬）屬余題記乃題而歸之

古音分廿部辨析至秋豪進退顧江段縱衡詩易騷良書今魏晉精谿古泉刀梨棗非予事流傳待俊髦（册在成孫案云云鐵乃皋文之子也）

題蔣忠烈公（欽）早朝圖

公於弘治丙辰登朝正德丁卯授命此圖末署丁酉侯考

雄虺九首毒霧吐口公獨奮然力破厥轂同臺對簿或瘖或伏公獨慨然謂光科目（戴銑所記如此）嗚呼公乎有親在

堂身則殉道魂歸親旁危行言孫匪論諫官我讀三疏

嗒焉摧肝

公登弘治九年丙辰進士游擢南京陝西道御史正德元年十一月疏留二輔忤旨逮訊明年正月二十日入獄獄中三上疏閏正月九日復拜杖三十爲民十八日死於客邸同時被繫戴銑有成是錄舊志所記如此按公登第之日迄授命之時凡十二年中無丁酉紀年者此早朝圖末署丁酉季夏龔顯畫又朱衣鶴補於服章亦未合圖雖舊絹神采奕奕非公遺像也秀才

瀧字雨南藏此圖其題籤稱九世孫以今日上距正德丁酉已三百九十六年其世次殆亦不倫觀嘉靖中志書已敘其元孫淩雲矣餘又記

臨文待詔江南春卷

壬寅之春有持此畫來者衡山青綠上題一詩次倪雲林韻和者十餘家皆豔冶沖和之作想見當年吳下承平氣象既臨一幅復和此詩時在西山墓下

隔谿人家賣苦荀魚市蕭條估帆靜（一作菜羹無魚饌無荀淡泊襟懷惟）一靜何人寫此（一作示我）江南春剪取西山一角影（一作似爲巖廬寫小

影
桃花半開雲氣一作風信冷莫問仙源與露井江山如此
一沾巾祇知斯地無風塵一作北多風塵一作可憐西
燕來遲鳩喚急漠漠一作雨平疇千頃涇較量一作準一作陰晴
趁時及春江無邊一作淪漣一作波春草碧北望雲山是一作渺一作京
邑臺閣金銀一作夢裒舡樓天際立幽人一作嗟余蹤跡等漂萍一作
如浮萍詩囊畫篋頻一作誰一作經營
題趙坡生新得雅宜山人小楷冊
未入影聓翁甲乙儲當年歎賞意何如舊山樓上山依舊
喜有賢郎讀舊書此冊尊公欲購未得者
細書精緊勢仍寬鎔鍊鍾王到筆端我有荷花詩一卷

會開塵匣與君看履吉荷花蕩詩苛偉跋宕亦項墨林藏

秋風得意停雲別付與王家好弟兄衡山有春風得意停雲言別二圖贈履吉兄弟惜此冊無待詔詩賁冠之想見衡山老居士叩門來聽讀書聲冊題與履吉約讀書石湖精舍作

藥龕大師貽我西亭畫幅無處可挂題詩奉還

矮簷小閣才容膝孤負滄洲四壁圖乞與道人同一笑

壺公隱處并無壺

題文待詔林亭小景和竹橋先生韻

鏡湖已老賀方回御喜支公杖策來新縛茅亭如斗大

溪山深處畫圖開

一卷梅花舊夢回湖田老屋問誰來傳家別有詩書在
不惜皴廚為客開（此畫舊為竹椅先生所藏）

題錫山浦子山（朝鐘）石室山莊圖

石室在金匱界浦三田舊居圖則諧麓泉慧筆也

九龍蜿蜒趨一珠梁谿曲曲好畫圖平生讀杜未得解
二田仙人疑可呼
錫山石室咫尺耳海州石室我世傳（先祖有石室傳經圖 先公續繪端州石室圖）文章經訓弗克荷目瞿心瞿祇自憐
雄篇累幅成鉅觀老筆溼翠猶未乾草堂坐雨百事廢

鐙前摩眼頻開看

題錫山華勳齋讀易圖遺照次卷中侯葉唐師韻

高顧不可作邈哉時代易東林一瓣香孰與溯道脈鳳皇高其翔凡鳥累千百異學競喧吹榛蕪浩難闢夫子生隆平玩易日有獲靜中悟大原畫圖乃陳迹緬彼嵇阮徒清談恣標格斯世已滔滔胡爲泉石癖

題王石谷畫瀟湘八景小冊

昨秋空作瀟湘夢塵海歸來又過年豈若奚童孫憲好破書攤上識耕煙（此冊爲童子孫憲所得）

耕煙妙跡渺難求萬里長江一篋收卻憶鴿峯新雨後

兼金論價買芳洲芳洲圖石翁爲高陽先生作真本已佚去年南歸收得一摹本

畫扇

短簾新燕滿汀洲獨自撐船獨自遊燕子非飛蒲亂茁
祇應垂柳尚低頭

謁陳搢齋　司寇公墓漸就荒蕪以圖修葺感賦

吾宗衰替久淪夷溯先芬竟乏庭堅祀誰言董相攢碧
碑空臥雨華表尚凌霄地折荊榛從閒何勞說軼聞野人云有
仙畫出家上鹿誠可笑

題沈石田竹堂僧寮圖卷

嘗見白石翁竹堂寺觀梅圖成化己亥歲季秋

官楊黃門同遊作題詩絕佳今見此圖因次其
韻
石田老仙不可作秋官黃門在何處眼明照見數尺圖
彷彿花魂到今駐草堂幽幽瓶几淨萬象空明無所住
先生亦覺筆頭乾似悔當年舊題句募修之疏字斷爛
竹裏僧寮果成未我來山中樂無事頗與先生有同趣
觀魚尋筍日不足兩腳芒鞵溼草露仙人出世樹重花
小小竹堂移此地

題費屺懷 念慈 藏丁心齋哭女文女即屺懷母也
文中所謂呱呱者即屺懷也

丁公哭女示費甥傷哉失乳一日嬰滿紙都是呱呱聲
呱不能哭聞咿嚶瞋三十年起大名論史獄獄經鏗鏗
與公後先足抗衡滄浪亭下水濯纓鶯花三月酒琖清
謁公談藝兼談兵癸酉年事今覩遺跡飛縱横墨痕浩挾老
淚傾髣髴霜紅十哭情十哭不如一哭并謂當刻石用
代旌與瀧崗表同崢嶸

題費耕亭篝燈課讀圖爲屺懷作

立孤多涕淚遺訓更深沈慈孝一門事饑寒天下心科
名兼仕宦循吏合儒林差喜燈燈續聲華直到今
柳韓先執友先君與公交契甚深馬鄭舊門徒先兄問業於公未見一題

字今餘第二圖後生辭蹇淺老病墨模糊愴念高曾事

空山泣孝烏吾家兩世節母

題趙松雪曝書二字用孫淵如韻爲屺懷

手注周官有巨編稱量時事問誰先乞君湖海三年福

穿起中西一串錢西蠡著周禮政要以古義證新法其他著述自謂滿屋散錢尚未歸串也

新作茅堂小補蘿溼雲蒸雨滿巖阿曝書亦有雙松板

未抵君家兩字多

宋左建歸牧圖爲費西蠡題成邸題曰西郊草堂

門無籬落步無舟真是江村景物幽漫與幟題成故事

更何人說是浮休字押角有淡墨浮休字昔菼公嘗書二字刻石則張舜民別號也此不敢知

竟將歸牧扁新堂彝鼎圖書發古香論事說經皆第一

斯人豈合老江鄉

試問江鄉近若何算緡未了又催科菩提坊裏幽人宅敢道歸牛浮鼻過（南雅先生題詩深慨催科之急此推其意）

題張南皮畫扇

臺省聲名重雲山夙志違風情垂老在福澤近人稀豚酒隨緣喫縑藤信手揮江南春水綠佳話到薔薇（有春水綠波一種）

莫道閑無事茅堂手自開觀雲知世態護筍似人才山近田鋤嬾村荒縣牒催舊游回首盡溪上獨徘徊

壬寅四月𣻳亭過我山中攜史晨前後碑屬題次黃再同韻

君來𪊲櫂西山下，我憶闕函宣武南此碑在京時屢得覩更補鄭齋殘字五後碑闕五字余以沈均初殘本足之同看孔廟古碑三𣻳亭得古拓乙瑛碑與此而三蕩邪反正羣公事，感舊懷人一昔談謂再同寄語當年過嶺客，吾儕樂事考樂譜孝達戊子年題記謂過嶺五年無此閒情

端五日於扇頭朱書虎字

菉豆餻甜角黍香，雄精搗屑入蒲觴。孩提亦識尊親義，繞膝欣題半額黃五日以雄黃酒寫王字於兒童額上吾鄉舊俗也

再題石谷瀟湘八景冊次前韻

老來久斷瀟湘夢一臥滄江不計年八景何如千百景
海天無際渺雲煙

更無良友覓羊求（次公久逝儒老又亡）自檢書箱旋自收昨過耕
煙藏蜕處浮牛放鴨滿汀洲（石谷墓在西門外程家橋）

潘星齋庚戌闈中畫蘭次前題韻爲吳碩卿

挖藍暈碧儼含香想見當年齊禮堂（試院聚奎堂舊名齊禮）自是
承平好風度更無一語到瀟湘

地攤買得亦堪誇珍重緗囊當碧紗二十八年彈指過
偶然空谷賸孤花（乙亥題詩時公正空乏故末句及之）

題沈蓮客遺照

少年朋試時連几郡齋屋春風詠而饋蕭散好題目郡試點爾何如三句君文翻水成吾藝苦局促是歲君高翔余亦隨華躅遭逢有利鈍蹤跡判飛伏何期京國夢遽作寢門哭別君五十年奕兀覩此幅儼然儀觀在眉宇秀可掬青衫猶未枯斑管何曾禿翻憾白頭人憔悴老邁軸君才與識量儕輩所傾服況有賢子孫定肇門楣福吾衰今已甚眼花手腕蹙安用贅蕪辭志傳行當續君事實邑志已采

爲之廉畫虎並題

策策空林落葉飛草堂燈火正熹微野人指點山前客

射石將軍夜不歸

再題

香林聳高閣救虎有神僧世俗紛紛者徒誇拔箭能

長歌付之繕

我居墓廬中山川秽餘清汝往官京畿觸熱蹴海行吾道無南北所重惟此誠當爲天下念勿作一身營我愛庭中花鮮鮮發菁英豈伊戀近玩而忘稼穡情況彼服官者事事系民生譬如司讞獄執法當持平取決一言誤怨忿萬古弃又如關津吏稅入較重輕算緡縱報最歛怨實取盈又況儒生學最忌妄談兵猛火苟弗戢殺

人不聞聲是皆舉其大自餘難具名汝本初試職三事
非所更但當力勤儉庶免人譏評勤者事惟何雞鳴起
櫛纓日入早宴息拋棄牆隅糵儉者事惟何一飯戒虀
精高冠陸離佩奇服奚足榮勿趨利名藪利名衆所爭
勿恃意氣豪豪氣終無成山塘通一水遠隔十里程汝
今即首塗吾亦攔入城去去勿復念吾方事晨耕

有索余畫者余無以應乃檢所藏張南皮小幀贈
之并題一詩

鑒書博士記吾曾潑墨雲山愧未能移取南皮晚年筆
鹿牀一派有傳鐙

題王宜看雲圖贈王少谷 念祖

壬寅六月少谷轉海來虞爲余度地情意肫摯非世俗所能佔余病暑未獲晉接乃以看雲圖並漸江和尚黃山勝跡圖二冊贈之黃山於鳩茲爲近聊寄看雲相憶之意云爾

陶令歸田引張華博物編頻移上山屐時泛過江船湖海一身逸乾坤雙眼穿至今父老在競說使君賢

炎雲蒸赤繖瘴海翳黃埃獨以此時至君真信士哉深談雜悲慨蹇步廢追陪未盡青烏祕先聞作賦才

畫檇李

畫李偏同畫荔支奚童匿笑老夫癡越王歸矣西施去

爲問旁人那得知余未識檇李之狀以意圖之

再畫檇李一枝客有餉余檇李百枚者圖之弗類也

平生嘗徧金盤果未識人間此味珍還與西施供一笑

更無飛騎走紅塵

題張南皮相國畫册

海山兜率不可見開編猶識故人面當時同坐殿西廊

破墨枯毫落余扇是誰收此八葉圖遠從京國來三吳

米家潑墨大癡赭窃者黃鶴踈倪迂在昔衡山多贋本

每歎明珠魚目混香光瀟灑真天人任客臨摹名不損

我今畏暑臥北窗論書品畫與未降得錢即醉醒輒懶

令我長憶袁春江袁爲公門下客每代公畫

題楊西亭畫册次前韻

自戊戌放歸依　先人邱隴之下種松甃石得

遂寸衷而江湖之樂不足道矣因和前詩紀事

十種清凉風物鮮夢中句　卅年前夢證青蓮時危敢說山

林福結感終身守墓田

壬寅七月門人薛聚銘以劍門春眺圖屬題因起

談山之興率題一詩

籠鳥不欲飛縶馬安敢馳借問山中人爾行將何之山

人喜寂靜性與卭壑宜登高望八荒天水浩渺瀰惜哉
不能賦默默祇自怡我觀劍門圖勝友相追隨既妙丹
青筆復綴瓊琚辭我有九節杖請爲君導師此去西五
里連岡屬巖壓有洞曰藏軍有墩曰禡旂其下有石屋
峭壁若景碁碁是曰鵠鴿峯振翮天雲垂草木葱蒙茸行
人憚險巇圖經或未詳題詠每見遺譬彼附庸國僻陋
乃在夷茲山勢東趨一氣隆尻脽融結最深秀發露多
權奇吾儕足嘯傲司牧宜深維守國在守險用備來者
諮

題畫山水一絕

昨夜秋風入楚山曉來煙雨白雲閒一聲清磬出林際
知是茆庵水石間
題石谷送別閻公圖
壬寅九月徵山姪將赴闕展覲瀕行以此爲別
余疾初起拈筆如神可喜可喜
閻公石谷舊詩朋別袂翩翩畫舫升正是康熙全盛日
江湖廊廟各騫騰
我借青山寄別情青山亦解送人行試攜一片江南雨
灑向中原徧八瀛
圖不能傳意可傳微臣夢到五雲邊黃冠九頓旁人笑

彷彿郵亭啟節年故事大員入京送行之吏寄請聖安臣不敢援此例而實具此忱

病榻不寐

中虛暴下氣先頹幽闕崑崙安在哉骨肉至情垂老盡江山奇想破空來寒溫迭嬗天無意生死能回世有才獨撥殘釭坐長嘯隔牆僮僕漫驚猜

金門送菊次韻謝之

書生何事切民瘝怨句頻仍未可刪今日聊爲我重九白衣烏帽坐看山

小把斜簪已足珍千枝萬蕊更芳新是誰錯解靈均賦歐九應非不學人

爲欒龕長老題仇十洲十八學士圖

文皇英武震寰區策府初開劍佩趨當日丹青只褒鄂故應摹寫到羣儒

十八人中有孔王鴻編千卷詡詞林誰知畫史裁量手偏寓春秋筆削心圖係十七人殆削去許敬宗矣敬宗有文節詞林一千卷其他纂輯亦富

觸著登瀛一惘然河亭劉井付雲煙翰林院署扁日登瀛門今畫入西界神丹能換鉤輈舌怪底羣仙不上天

吳窓齋臨戴文節畫冊爲斗廬題

鹿牀墨法妙沖融十手臨摹苦未工聞道讀書靈隱寺一春鍵戶對王蒙戴公少時嘗得黃鶴山樵畫與鄭頡蘇各臨之數十過頡蘇爲余言之

臨摹獨數窸齋能金石緣深得上乘可惜十年君病矣

頹然雲水一孤僧

鐵馬金戈絶塞天古文奇字付雲煙忽逢北壂談詩客

（趙㧞生攜示）棖觸長安讀畫年（窸齋壬辰秋入都寓長安街與余寓相距數武數相過從）

題徐翰卿玉佛龕圖（東魏武定二年八月造像）

上羅女直下要荒造像何曾入尚方（大內佛像以金元爲最古次則衛藏吳讓之謂像入內府此係覆刻所貢者非）

玉佛化身吾不信世人謾認十三行

武定孱王政已移區區祈福亦奚爲滄州城裏鐵師子

一樣低眉淚暗垂

大千世界本微塵何事長留未了因莫道四圖才一卷
中藏百萬億千身

僕人得殘本舊拓懷仁聖教集冊中所有字題之

力學方能獲半珠莫緣探海鄙區區要知楙本多神味
比較豪釐亦大愚

癸卯

次韻俞甥調卿除夕元日二首

投老殘年賸此身屠蘇欲酌且逡巡驚回曼衍魚龍夢
（除夕保和殿筵宴）尚憶鵷夷豹尾塵當日承明常侍從即今洽
比有昏姻一廬（左公贈余二字）斗大恩如海臣本煙波浩蕩人

又見江鄉萬戶春椒花萊甲雜前陳燒鐙聊助觀書眼

揖客翻愁拄杖身元日送詩成故實去歲亦嘗示詩老漁得句

更清新錫自署日老漁一門樂事君家最況有城南舞綵人兼示

令弟佑萊除夕之作

次韻除夕元日兩首

梅花猶未現全身先向擔端一笑巡飣果祭詩疑有癖

點燈掃地本無塵借書野寺矜新獲借得楞嚴經補送嚴太僕鈔本

酒山家得舊姻鄰巷有人送酒一斗觸我無窮風木感白頭拜墓

爾何人書是日山中所見

今歲欣逢甲子春綏豐有兆穀陳陳濟時須仗調元手

作頌猶餘健飯身會見隆平能復古側聞學術已更新
吾皇宵旰吾民樂慚負耕田鑿井人
用前韻紀在朝時除夕元旦故事亦西京歲華之
例也
賜貂溫厚服章身栱酒甘芳飲幾巡祀竈黃羊肥似馬
堆盤白麪細如塵荷囊預卜豐年穀鷄序先推帝室姻每與蒙古王公拜賜推使前列否則必爲所擠手捧御書春帖子鳳城留鑰待
歸人除夕有辭歲禮退時甚遲
萬戶千門總是春銀花火樹殿前陳七重鳳蓺溫如玉乾清宮設花蓺
五色鸞牋福滿身元旦親頒福字謂之滿身都是福布澤先從

畿輔始加恩獨助韻獻歲每及履端新臣在書房歲首之普錫春祺敬書格言以進

是誰補撰金鑾記應問鈞天夢裏人

上元前一日次金門甥韻

同是江湖栖隱身因君詩句感西巡入關首問閶闔苦

過洛還清輦轂塵庚辛兩年歲暮事涕泣似聞唐代詔和親豈

類漢家姻九門詄蕩天無外容爾鞮鞻㜶寄人入覲謂使臣

桃李新移洛下春駪駪多士走梁陳獨虛巨𤕌投竿手

應惜騎驢破帽身閒卷古賢時晤對閉門世事日翻新

雞鳴不已風兼雨珍重田間唱和人

再和金門

老夫曾現宰官身校士論才亦數巡惟有一舟金門別號真
淡泊迴如孤鶴出風塵或云褚薛原同調兼說崔盧是
舊姻須信冷交磁石鐵江湖何處覓斯人
悤悤十日過初春爆竹挑符迹又陳鐙市繁華常避影
酒場熱惱早抽身詭臺負債年年積邸報傳聞日日新
亦有憂時數行淚謫仙豈是楚狂人

張帆過王莊

飽飯閒捫腹風聲聒晝眠迎潮聯木筏夾岸半桑田山
活隨帆轉村濃帶樹圓郵程才只尺來往亦輕便
長風吹一葉遠趁過江春卻笑攤書客全憑挨柁人夾

行知退好暖坐怯寒新欲問前村路鄉音聽未真

散墩

此洞何年闢幽深似石城引繩知步武深三十一步籠燭得

題名洞外有正德庚午二刻其一不能辨同治甲戌曾見都穆題今未見枯草年年綠寒

花處處清一墩表江國未許後人爭

乞花一枝置蓬底

折花還健步老態路人憐瘦影對孤客酸香塞一船煮

茶聊當酒剪燭未成眠苦憶前朝樹枯槎化爨煙三十年前猶見元時老樹今爲薪矣

沈公周藏唐大中年高府君墓甎光緒十七年金村人卞姓耕田

得之

顔家尉壁兩題名何事書碑有鎮鄉不敢□□輕附會

常山兄弟盡忠貞

興福幢經已重鐫此銘真紀大中年勝他項氏鵝羣閣

廛皮王家保母甎（子敬保母甎）

南潯張弁羣（增熙）藏乙瑛碑明拓本

曩見沈仲復藏朱臥庵徐須閣藏釋奚林本皆

朱元精拓南歸後所見皆不逮矣弁羣寄示此

本墨花油然古香盈紙洵三百年前舊物歎玩

竟日漫題短句

隸勢蘇齋語最精要從韓魯悟縱橫覃谿先生謂當與韓勑魯峻碑唫同觀則無法不備如何一字生疑義卻使斷斷啟後生先生謂犬酒犬字近草書發字近人多議之者

三年妙悟三橫法李若農學此碑三字三年始得兩本精研兩點痕王蓮生兩本辨字右旁兩點未損回首京華談藝客江村臥雨獨銷魂

滔滔俗學日頹波禮器明禋近若何十載未能通一藝儒官典領愧臣龢余領成均司䢍豆十餘年

題殷譜經樸庵留別圖

光緒壬午二月廿八日醇賢親王置酒適園爲譜經先生餞別悳邸謨貝子與余在坐酒半先

生引春秋趙孟之言泫然流涕曰吾不復此矣遂罷酒去王作長歌余和其韻俛仰二十二年先生久歸道山王亦雲霄頓隔余詩弃篋中尋檢未得此圖在適園一集之後詩與記當時未見也追步前韻嗟足悲已時在癸卯二月廿一日

昔我登科日蒙君遠大期（君與先兄同科進士丙辰分校填榜時聞余名呼於坐曰佳士佳士）史宬同纂述官轍未分離（戶部三庫皆與君同官）忽動秋風興能無落月思上東門外路車馬送行時

經術三天重文章兩漢期（君日誦兩漢文杜韓詩有常課）迂儒從笑罵

曲學斥支離每作憂天想空懷報國思萬言洽安策長

憶伏蒲時 庚申年事

遠別當衰白重來豈有期賢王情鄭重好句惜暌離款

款穆生醴慇慇君爽思似聞應劉輩俯仰解隨時 王嘗稱余曰先生而呼君爲師傅蓋用上齋舊例而加隆焉

後起芝蘭秀承平著作期何圖風發發幾致黍離離辟

火知天意還珠慰孝思 庚子秋此圖幾燬事定得於地攤 展圖一長喟

風雨落花時

舟中即事

來往輕帆整復斜疎籬破屋雨三家微風不動石楠樹

積雨徧開油菜花間學漁歌真漫浪偶詢米價一咨嗟時米價奇昂江湖晚飯知多少底事投林急暮鴉

三層樓飲茶

極目見平蕪新晴儼畫圖樓高吾邑冠桅嘯古時無樓後為小輪船泊處黯淡茶香熱喧歷市語麤當年魏公子折節事屠沽

題傳笏圖次　文勤公韻

昔我　先兄文勤得魏鄭公笏於南中有詩紀之今　兄之長孫斌孫寶藏此笏復繪傳笏圖乞袁公爽秋題詩而　兄之詩猶未錄入余既

補寫一通仍次其韻以記當時聚散之迹而於
袁公亦深有感焉
藏笏者誰吾伯氏傳笏者誰有後起中朝世系數高門
落落幾家炳國史臣兄典戎歷淮海臣職簪毫侍軒陛
中閒離合難具陳有百艱危百詆毁兄今遠戍去不復
相見之時蓋無幾當年此笏繫安危今日臣家雜憂喜
憶昔臣充講殿班緘默脂韋竊所恥手鈔諫錄十萬字
一一彤幃獻 天子（據長沙刻本并續錄寫進）自從得罪錮深山夢
繞九閽今已矣有唐太和繼貞觀特訪後賢升鼎耳世
人黯說甘棠樹豈識菀枯乃常理若非側席切疇咨安

肯希榮蒙顯仕一篇笏記森在目五世正卿良有以弑
也作圖珍手澤袁公題詩清莫比袁公竟不愧文貞碎
首階前爭國是吁嗟乎停昏踣碑公不死裴矩封倫顙
有泚

文勤公魏文貞遺笏歌
有唐世臣推魏氏臣徵臣謩相繼起手澤摩抄餘
象笏祖德留貽照青史太原真人搢珽坐文貞秉
笏侍階戺抗辭執奏容有恪面折諧臣任詆毁十
思十漸書在紙所不書者知凡幾敷陳慷慨笏畫
地主聖臣直相悦喜是惟鯁輔非具臣封德彝輩

良足恥惜哉貞觀一鑑亡嫵媚真屬夸毗子殿前還笏老遂良當時時政可知矣百年舊物瓿魚須兩朝殊遇躋鼎耳謚以甘棠比法物鐫之隸古映鰓理要從忠孝論世澤莫倚恩榮誇貴仕偶然寶物入吾手頑廉懦立知有以吁嗟乎皋夔之心即龍比爲忠爲良竟誰是君不見舉笏敗顙死即死段家司農擊朱泚

清明節墓祭有感

剪剪風光麗息息節序更桃花小寒食麥飯正清明新葬者以清明日祭謂之正清明春樹如含淚青山尚有情可憐道旁柳

只解送人行

山中即事

不厭粗衣與菜羹老夫即此足平生未知世上風波惡
但覺山中草樹榮得句已忘還自喜逢人無語亦多情
近來筆硯都抛卻添得松風流水聲

三月望舟中

拒客因生謗尋詩且避譁估帆來往影郵樹淺深花跋
䲶思登壟汙邪祝滿車便應從此逝洗耳水雲涯

口號

不彫不琢古樽罍得自菱塘曲水隈偶插一枝桃李豔

蜜蜂胡蝶競飛來

連陰一月喜新晴又苦刁調萬竅鳴菽麥最關農本計

長官切莫恃秋成

東澗老人墓

秋水堂安在荒涼有墓田孤墳我如是（墓與河東君鄰）獨樹古

君遷（柿一是舊物）尚題碣誰摹宋（碑字集坡書）居人尚姓錢爭來問

遺事欲說轉淒然

山居即事

豈是高人宅居然竹樹幽家貧千卷在野闊一窗收山

卉穠如錦湖船靜似鷗莫言腰腳勝近已怯登樓

瞿文懿墓

細草高原曉露稀行人猶說祖僧衣（俗呼羅漢肚皮）年深贔屭
有時出（村農云）山暖鷓鴣相逐飛一代文章懷正始再傳
忠孝兆先機髡林瀨石皆無禁三十年前事已非（贔屭過尚）
（禁開山今則新塋林立）

田家即景

春晚催農事遊閑驗物情簸穅登舊轂推糞趁新晴竹
笑如迎客禽言自贊名吾師文人意處處有泉聲

供職

爲姪孫斌孫題石谷無款畫卷時斌孫將之京師

談碑兼品畫其奈別離何緬想澄懷館居然安樂窩雲
山供點染松竹與婆娑我亦騎牛者衰年韻事多
滄海橫流日乾坤浩蕩愁圖新非舊舍報國豈身謀莫
作蘇元老當思馬少游甘棠遺芴在期汝纂前修

山居偶成

小小茅亭短短籬攤書行飯總相宜厭看細字新聞報
怕作連篇和韻詩野老頗知晴雨候山禽亦識後先時
西湖柳色津門樹日暮江鄉有所思

題徐印士元綬剡溪別棹圖

越王崢上頻回首西子邨邊獨往還只尺剡溪吾未到

更無人識鹿胎山（癸酉之春余嘗一遊禹穴）

羨君出宰山水縣妙得可談風月人晚放弓刀晨理牘

萬家案堵靜無塵

好山圖畫子規啼白舫烏篷駐郭西載得六朝瓶一角

梅花如雪未曾攜

臨石田竹堂僧寮圖

竹堂無竹但有樹萬个檀欒在何處當年募修本遊戲

轉眼風燈不容駐老夫學詩并學畫流水行雲兩無住

忽然舊夢觸前塵更掃殘煤題短句君看石田年八十

七十四翁齒猶未若教北面得親承董巨黃倪有同趣

嗟哉斯語太著相萬事都如草頭露詩成試誦涅槃經

味幻仙人今入地 此圖爲童子周喜畫喜曾侍味幻居士

山居雜詩四首

來時婉婉嗟春暮去後纏綿戀主恩新作茅堂無一物

可憐猶覓舊巢痕 燕子

胡蜨忽然來萬里 去年太常仙蝶忽至山樓僊於几案見人飛去時正月也 昌蒲今

又見三花仙人道士尋常有偏到長瓶處士家 昌蒲花

南澗杜鵑色太朕鄭家銀紅天下無桃花羞落牡丹避

天遣穠纖慰老夫 杜鵑花

北人能說餅焦聲 此鳥北方呼爲胡餑餑 獨有三吳解趣耕一樣

課晴量雨意長官總未及編氓初聞布穀聲

鄒巷古藤花

瓔珞懸空五畝遮百年前已作龍蛇路人指點鄒家屋開徧荒園野菜花前明鄒氏花園

福山紀遊雜詩十首

晨興理檝尚迎潮行到山塘第五橋過得橋來潮漸落微聞暗浪嚙船梢紀潮候也

萬竹森梢碧蒻齊被風壓倒數叢低海魚大上河魚少處處懸罾盡露臍罾底曰臍

野僧飢走水雲鄉真似銜泥燕子忙新東嶽廟僧曰德徑嶷復根既去復

來門外鐵鑪階下石重尋字畫已微茫三十年前鐵鑪字有薛本守吏面砌石有曹宅捨財云云至正十年云云今尤剝蝕

繞越行私海禁懸江干多少賣魚船近來米價稱平估
一斗還須五百錢紀時價

一囊衣袱半囊書隨意輕便坐鹿車聞道申公頭已白
蒲輪雖穩費躊躇

海雨江風氣淼茫落花時節白魚香殘年飽喫生悲感
此味君親未得嘗

亭宿原應辟尉訶一罇相屬意如何中宵聚檏驚清夢
似恐漁翁失釣蓑福山中軍守備送酒以卒扞掫

棲苴潰茂總傷農積雨連陰致蠛蠓（小蟲極多）大小毛公今

不見且攜詩說過江東（泊舟大小毛家橋之間）

平野蒼茫江轉高輪船上下鼓風濤卻思六十年前事

村女驚啼戍卒逃（道光庚子六月廿四日兵輪過福山合城鼎沸）

五年未敢輒題詩恍覩雙忠颯爽姿傳記不詳碑碣失

路人指點到今疑（雙忠祠雙銀杏）

薔薇

原非絕世好丰姿引蔓牽藤翳竹籬畢竟是紅還是白

滿天風露到今疑

柳花

楊花還比雪花肥亂入軒窗巧著衣避卻嚴寒供玉戲卻來水面作團飛

題董文恪山水小卷次原題詩韻

隔林窈窕見煙壖意在蘇詩郭畫間供奉才高風度勝承平事簡長官閒傳家綵筆登鑾閣（謂文恭公）賜第丹棱近駱灣（公之賜園在南海淀駱駝灣）可惜十三文渡後一江春水待公還（公有小印曰十三文渡江）

回首京華浩蕩愁蜃樓海市未全收側聞天上雲煙散（石渠寶笈收公畫最夥）祇賸江邨水石幽松下清齋留舊跡（卷端有陸謹庭松下清齋印）棗花古寺憶前遊（京師棗花寺有公設色山水長卷）天瓶書

法東山畫人説熙朝第一流阮文達論畫以公為本朝第一

山居偶題

落星灣畔尋劉渙鷹樹庵頭訪遠公余居左曰落星港右曰老鷹樹浜

指點風帆沙鳥外青山一角是穹窿

謝廖仲山贈篆竹杖

三尺提攜輕若無琉璃根節翠肌膚久聞規削煩良匠

獨以安閒餉老夫湖海樓高聊共倚石頭路滑莫頻扶

桄榔栗榔皆凡品擬畫江郵篆竹圖

還山居

出城如出谷幽趣在山家雨逆一林筍風留三朶花粉

牆紆蟻路板閣定蜂衙物化原無盡吾生豈有涯

山中頗有客至

欲知天地大靜處著閑身世有木居士吾爲漁丈人雀羅門巷冷豚酒里閭親不乞胡奴米東山未厭貧

次調甥韻贈劉石香

蕭然琴劍一吟身曾佐熊幡次第巡禹荚本關天下計滄桑忽起海中塵同搔白髮紆籌筆散盡黄金爲睦姻草草出門歸亦早應知梅信待斯人

扁舟又載尚湖春看月登樓迹未陳錦繡詩篇常在口琉璃硯匣本隨身送迎鷗鷺如相識點染雲山倍覺新

更乞松禪圖一幅空山聊慰白頭人前承贈松禪圖極經意

題金壽門畫册用蝬叟題壽門花卉詩韻

長風蕭條閶端五襪纖重綿不知暑昌蒲無花杜鵑落

秖有石榴紅豔吐客來餉米日已晡昨程紹周送海東秫米勝吾鄉湖橋所產

自炊小甑看風鑪松禪老人老無齒龍梭仙客真仙

乎壽門署款七十五叟犬馬之齒亦七十四矣

題舊藏盛伯羲祭酒贈文和州卷用卷中韻

瀟瀟落木下亭皋意與孤雲獨鶴高秖感眼前多罣礙

亂山無次湧波濤

山齋雨坐漫焚香几淨窗明竹樹涼午睡起來無一事

自磨殘墨寫瀟湘

簡張季直

平生張季子忠孝本詩書每飭常憂國無言亦起予雄才能歛抑至計豈迂疎一水分南北憐君獨荷鋤余與有耦耕之約今不能踐

題張子貞張伯治合璧畫册

寂寞揚州老畫師老蘧風味問誰知百篇買勇三蕉怯韻絕空齋酒換詩老蘧不能飲以詩代之

亦有龐無山下客閑將詩畫鬬清新乾嘉名輩風流盡遲爾江湖淡蕩人伯治能詩工畫別出意境

為徐翰卿題董香光山水小册

破墨柔毫繭紙光直從兩宋溯三唐世人漫說倪元鎮
此是先生善讔方
數行題字密還疎輕俊肥穠兩不如證取十三行筆法
畫禪識是晚年書
過雲樓主謫仙才尺幅能將碎錦裁留得怡園好泉石
輕舟攜畫渡江來

題楊子鶴棲霞山館讌集圖

圖爲汪東山餞別題者皆同時名輩棲霞蓋馬
扶霞所居此非耳目近玩竟作邑中掌故觀可

也己丑南歸曾題數字今再展對敬步原韻

棲霞山館渺遺文秋影樓邊己駐軍（京山舊宅燬於粵寇）側想承平多樂事仍因遠別愴離羣康雍耆舊風流盡中外圖書學派分（新學行後別有圖籍）猶有後生知嚮往遺編常護吉祥雲

題石谷畫松南田題詩卷

山中萬籟都收盡惟有松濤夜夜聞差喜驪龍不飛去閉藏雷雨臥煙雲

題同里朱蘭洲（藻）楓嶺碧血圖

蘭洲於咸豐戊午殉難江山傳志詳之題者盈

軸

昨日喧傳警電至潞陽城頭屯敵騎中原致死豈無人

草野孤臣空涕淚今朝忽覩碧血圖矜君仗劍雄千夫

莫言麤官職任淺鐵石肝腸膽滿軀我謂朱君猶不死

朗朗鬚眉照剡紙江郎山碧子規啼瀼調招魂竹枝裏

吁嗟乎男兒大節在致身不辭白骨飛青燐世人各抱

一腔血為正為邪要分別近有妄言流血者故辨之

摹萬年少贈顧亭林渡江圖

濕西沙門慧壽者徐州萬年少壽祺也上章攝

提格之歲顧先生年三十八為怨家傾陷乃變

衣冠作商賈往來吳越閒明年謁明孝陵因至
公路浦而萬君以避邳徐之亂移家於此遂與
定交有贈萬舉人詩此圖之作正其時也圖今
在梁節庵所費屺懷臨一本寄余余又屬俞金
門摹之寘唐墅亭林書院並錄先生贈萬舉人
詩於卷而次韻敬題其後
古今大鑪韛宇宙一罝綱吁嗟元黃交何地可長往濕
西信奇特（萬年少自稱濕西非隰西也濕即漯字）先生尤伉爽軒軒鸞鳳
姿未肯尺寸枉六謁孝陵樹屢拜靈谷像舉世渺無人
浩然發遐想南方習與禁我志在蹄鞅草衣跨一羸載

書尚兼兩上窮皇古切下歷九州壤經學續薪傳遺文
剔榛莽日知三十卷治國指諸掌皇天剝碩果旅館淒
繐幌斯圖贈別時故鄉伺魍魎鴟夷雖變名室家方震
蕩是時叛奴未得家屢被劫我讀先生詩驚歎雜吟賞魂兮歸語濂
祠堂豫題榜唐墅語濂溪上先生奉母之處尚在擬於此建貞孝祠而以先生侍側

再題渡江圖次祁公韻

容臺檄取遺書讀妄議經師是別傳排觝尊崇兩無謂
前賢心事豈其然余與潘公祖蔭疏請以顧氏亭林黃氏黎洲從祀文廟禮部尚書徐公桐駁議謂所學未醇遂罷
慈仁古寺成焦土半畝荒祠更莫傳未坐少年今白首

每懷耆舊一淒然京師顧先生祠余隨諸公後春秋會祠下前後凡三十年

贈石西亭老人時庚洞庭山人質庫掌事

絳縣疑年老商山避地人古來賢達者不與世緣親袖手能防亂君昔在湖州長興縣事傾身爲濟貧更聞安樂法照澈夢中身君言從少至老未嘗於枕上思索事

仁里斯爲美蕭然此卜居隔牆聞擊柝借屋許藏書君所主張氏之屋與余居隔一垣近借其旁舍爲藏書地頻餉箕山果贈余白枇杷極佳因求笠澤魚具區三萬頃何處訪君廬

題逸休先生詩草

凡四卷曰年年集從軍集夢曙集鮫珠集蓋明

季遺老也姓名不著惟詩中有河南爲氏膺爲
名畧可攷證耳俞絲生徵詩因紀之

逸休真削迹夢瞎亦藏名我讀從軍集空懷御李情（詩中河南爲氏膺爲名）釜山今重鎮（集中移家詩注云得釜山故土僕居近江釜山即今之福山也）褚氏有遺氓（福山褚氏河南其望也）好續瞿硎傳千秋付後生

山居偶吟

偶因放逐得安閑總計平生仕隱閒老不廢書聊識字
貧猶築屋爲看山芒鞋竹杖常行樂社酒村歌一破顔

題自畫

願祝太平今日始近來朝報滿人寰

余作畫時年四十九越二十年爲光緒戊戌而
余年六十九矣是年落職歸田又五年檢篋得
之感慨前事再題二詩用舊韻
豈有微雲點太清天容海色本虛明靈均偶爾逢漁父
何事懷沙賦賈生
卌載瞻依殿陛溫一朝揮手上東門聖恩特許歸田里
莫澣朝衫拜杖痕
題沈石田送行圖
此圖余　玉甫兄得之蔣氏　先公所賞蔣公
題詩　先公常誦之同龢侍側亦耳熟焉留置

家鄉經粵賊之亂以爲劫灰矣荏苒數十年今
於姪孫順孫處見之感觸舊事率題一詩以抒
其悲用蔣公韻

一篇家書入歌行迢迢遠寄楚雄城楚雄太守五馬榮
胡不羞饍親經營點着鑱天湘水橫想見眷戀庭闈情
我披斯圖淚背膛十年侍養依神京朝朝奉輿夕拜迎
寒暑刻漏有恒程阿兄擐甲性命輕伯兄在揚州旋阿撫皖帶兵剿賊
姊辭親隨館甥姊壻錢楞仙久在江北主講惟余昜弟酌兕觥余與五兄京邸侍養
中更患難仗聖明噓枯起廢同再生肅順當國屢遭齮齕乾
坤坦蕩朝右清麻衣扶護跡血盈歸檢斷編無一精時

正幕燕巢未成（戊辰歸葬時事）石田此畫舊有名先公雛誦鸞
鳳聲竟得無恙今藏篋展圖再拜感涕并回瞻海宇多
旄旌

題舊藏沈石田蘇臺紀勝畫冊

石田此冊先藏曾賓谷所後入華陽卓相國家
流傳廠肆爲河南畢某購去畢武人也數年後
復見之京師遂收得之今日展觀渺如再世是
日爲　先公諱日姪孫熙孫挈二子良長自滬
瀆來而寅臣二子長富亦在里中饋奠之餘共
讀此畫時則光緒癸卯十一月七日也

相城有布衣遯世秉高節平生忠孝心耿耿一腔熱如

何以畫鳴此寃會當雪（楊君謙曰世人專以山水樹石稱先生豈不寃哉）然即

論詩畫餘技已獨絕祝唐難雁行衡山弟子列煙雲競

奔走神鬼爲施設君看此畫圖落筆可屈鐵復綴墨數

行句法秀而傑京師浩穰場贗鼎苦莫別我收具多羅

森然十六葉中被放逐歸未忍捐儆篋今日是何日子

姓紛遠葉傾傾四男兒頭角皆玉立阿良頗解事歎賞

目不給獨嗟老病叟方感皋魚泣緬想白石翁八十侍

大耋（石田八十其母尚在）淒涼墓門屋湖漾供呼吸瓣香置高閣

可翫不可褻莫作一藝觀元氣中蟠結誰築耕石堂千

秋俟來哲吾鄉瞿忠宣公有耕石齋藏石田書畫

題沈石田贈尚古先生詩畫卷

尚古佚其姓名此畫未題年月真虎具在又奚事璅璅考證哉後之人有同我癖者定睠斯言

剡藤十丈猶嫌短蹙縮龍蛇在此中我道秦碑漢篆法左行㧑筆氣橫空

白髮江湖老散仙仙人豈待姓名傳槩書賦藥渾閒事尋徧陳編一悃然

題庚子畫扇扇有曲江雁塔語

作畫時適傾跌傷股從此擊矣今有人持來索

題爲之三歎

曲江吾未到雁塔昔曾遊古寺參差樹郊原浩蕩秋門人惭市石戊午十月𢎞呼延師於慈恩塔下行客訝鳴騶聞有亭林蹟蒼茫不可求

華嶽三峯壯潼關四扇開誰云婁敬策終是漢皇才北斗烽煙靖東都蹕路回從來神聖業多自隱憂來

次韻題章侯博古牌刻本

全謝山蕺山祠堂配享碑稱學行不愧師門者二十三人而諸暨陳章侯與焉其言曰章侯以畫名且以酒色自晦而其中有卓然者子劉子

深知之會稽王元趾與章俟皆不肯帖帖就繩墨元趾死乙酉之難而章俟不死然其大節未嘗有愧於元趾也云云

一劍雄驅十萬夫莫將三島玩倭奴絶秦詛楚吾何與忍棄龍興舊版圖時日本與俄羅斯大戰欲侵我東三省主權

歎息無家老逐臣衹餘兩鄀挂孤身黒貂已敝銜香盡憐爾寒閨藏畫人癸卯除夕得此畫於亡妾篋中

自笑江潭有餓夫不應乞米到胡奴牛闌西畔三間屋誰畫先生臥雪圖

甲辰

和俞甥調卿除夕元日雨詩

新詩如彈酒如淮想見漁翁意興佳風信睃占天下福雨聲喜入萬民懷齊眉鶴侶年年健挾翼鶵雛處處偕書與歲華還一笑東塗西抹是吾儕

老夫無意把芳樽手炷鑪香炭尚溫投刺客稀勞駐馬縫衣僕醉懶應門一僕守門乃縫工也食貧每歎黔婁婦訪道難求稚誦孫差喜城南有詩伯頻將珠玉答金昆承示佑來元日詩故及之

調卿好詩又好道仍依前韻調之

詩壇不見李臨淮解放弓刀亦復佳我似放翁無定律

君如白傅善言懷人間好語兒郎偉世外孤蹤木石偕
各有性情各抒寫白頭甥舅是同儕
更向虛皇薦一樽蕊珠雲笈要重温編排歲月詩成史
探索乾坤易有門百尺碧梧依翠竹千年白鶴引雛孫
黃庭寫罷泥金至豔說君家好弟昆

用前韻答俞佑萊 鍾穎

千里提封介漢淮使君才望最清佳即今舞綵娛親日
尚切提戈報國懷詛楚文章高閣在絕秦盟誓晉侯偕
夜堂籠燭飛符處回憶京華鵷鷺儕
可惜銘椒少一樽慈顏切切復温温看花輿小兒攜杖

換米舟來客叩門仁粟義漿周族鄰瑶環瑜珥弄曾孫
春風著物原無迹勤儉寬和裕後昆

次韻寫懷

少日馳驅七渡淮中年涉海興彌佳如何子厚囚山賦
竟似靈均故土懷對月三人惟影共臥雲兩膝與身偕
閒鷗不是忘機侶笑爾相呼有匹儕
惻惻空房舉奠樽搴帷尚覺藥鑪溫一生所識無多字
九死方知不二門只辦真誠持內外更無苦語戀兒孫
墓圖一角留殘墨地下猶尋陸氏昆此首悼亡妾也其家無後墓在鳳尾
澗

佑萊以苔牋屬書近作愧未能也次前韻答之

老年訛字別兼淮況復臨池興未佳挑菜忽過人日節看花又觸去年懷長庚曉月空相憶獨鶴孤雲孰與偕右臂漸枯聾更甚索居何以答朋儕

擬向東皇屬一樽花應重放酒重温湖山盎盎如迎客蕎麥青青直到門閒話老農皆執友比鄰童稚即兒孫從知魯衛宜親睦四海同胞孰弟昆時日俄搆釁苦戰未已

次前韻紀時事

一篇棨誓警徐淮野祭伊川兆豈佳自古和戎無上策於今謀國有深懷犧牲待境疇云濟袍襗興師孰與偕

一戰燕雲從此復冥冥決事是吾儕
欲將東海泛爲樽手擘扶桑旭日温新製樓船吞鴨綠
舊傳神劍鎮蛟門六經述聖同文字三島求仙長子孫
試考象鞮較仁暴寅賓畢竟勝堅昆

邵息盦太史 松年 和淮字韻詩輒以父執見推非
所敢承也追溯先德報以小言

滔滔清汴注長淮正則靈均肇錫佳果見使星瑯苑朗
至今化雨士林懷文章世澤源流遠孝友家風子姓偕
餘事更徵書畫史雲林金粟是朋儕
玉琢珪璋木飾樽人間萬事有寒温承平君早辭鸞掖

勇退吾尤羡鹿門綱堂銀臺辟世耦耕多伴侣濟時籌策付兒孫老夫懶散全無用若序年齡合作昆

次前韻再簡息盦時上元後一日

舍人鉅筆紀平淮松阿先生集有平定準噶爾雅平西域雅諸篇皇雅鐃歌字字佳吾祖獲親函丈訓先祖以古文辭質於先生後生每切景行懷一時物望荀陳並累世通家孔李偕難得閒居頻唱和依然同社復同儕

此日彤墀百獸樽萬蟲聲裏殿爐温上元由宴以玉爵進酒又以草蟲置春山寶座下近聞羽檄傳三輔側想春鐙靜九門承露盤高鑄銅狄支機石巧仿天孫朝廷別有懷柔略豈爲宸遊

事韋昆

調甥壘韻見示云禪漁聯唱已成巨卷再答之

金昌西去小秦淮淡冶湖山處處佳試劍石邊豪氣在還元閣下故人懷許鶴巢即今翦翮樊籠閉安得隨身笠屐偕客歲作鄧尉游愧不能答聞道漁歌最瀟灑可容禪誦木魚儕

上元已過未開樽坐覺輕綿特地温限韻詩成頻撿字談空客去且關門適藥龕見訪愁吟杜老頭如雪喜詠坡公竹有孫明日正逢燕九節皷春小集問吾昆與余昆弟交者今惟二人孫壽州銘鼎臣也皆在京師

次韻春雪酬調甥

朔風吹雨過長淮千里郊原秀色佳欻爾疾雷驚衆聽
旋看飛雪軫予懷五行寒燠陰陽繫一歲豐凶性命偕
學道未能聊學稼樊須本是小人儕
安得莊生五石樽徧儲春酒煦微溫溼薪破竈愁居室
綵勝銀鐙靜掩門躡屐送詩煩侍史呵毫寫韻喜諸孫
來詩是令孫所書
范公橋畔閒吟客可有名章繼二昆

次韻再答調甥

吾詩略似橘踰淮縱帶餘酸卻未佳避俗自攜冰雪卷
登高別具海天懷南冠漫作鍾離泣投袂誰能楚子偕
猿鶴沙蟲等閒事同袍同襗即同儕連日無東方戰事消息

墨花盈硯酒盈樽昨日嚴凝今日溫天意似憐貧士賦
春光先到野人門已蒙甘澤施龍母更祝豐年長稻孫
喜得時晴佳想帖爲言有句和諸昆金門小簡云農言此雪不害麥並云已和諸昆詩數首

息盦和詩述祖庭粟園先生曾任淮甯政績炳然
而余前詩未及詳也謹補是篇次章謂息盦主講
新建學堂事

大復胎簪始導淮山川縣絡士風佳敬聞召父循良績
益仰文孫繼述懷歷下有亭遺愛在京華作客舊遊偕先生後任山東知府每來京師賓客如雲
許公逸事吾能記不愧當年僧窓

餞先外祖許公秋濤與先生友善外祖卒於高安令

手闢榛蕪置石樽千年雪井水重溫時建學堂於乾元宮後詔書新立招賢館邑士爭趨大匠門渺矣誠天古鄒衍彼哉曲學漢公孫從來經術通時務定有良規啟後昆

冒雨送客遂至山廬次韻簡金門

稠疊新詩韻限淮搜奇鬬險那能佳後增落木長年感不盡王孫漂母懷湖上已看春水足山中祇與白雲偕莫言漚鳥無情物相近相親有匹儕

奚事茶甌與酒樽每來君室氣彌溫略栽花竹春生座靜對詩書晝閉門平世志常憂社稷丈夫情豈繫兒孫

白頭老舅真蕭瑟扶杖先尋爾弟昆

重有感簡金門

湛湛江水上通淮鬱鬱虞峯氣象佳一變遂開遊士習幾人能具古賢懷絃歌豈與知方異文學原同政事偕手抱遺經發長喟衡門幸有耦耕儕

閫道中衢置一樽任人斟酌各寒溫兵來未必先除道鄰鬭何妨獨閉門首務儉勤遵夏后還期桓撥頌湯孫天涯寒食松楸隔行路吁嗟況後昆

題趙石農手摹其尊人賣藥圖遺像

君家慈烏村返哺烏亦喜一朝聞母疾重繭血芒履君

看烏飛翔不敢越百里中夜繞樹啼行人可以止
周官久闕鑒司市無權衡旣弛奇㕒禁復競錐刀爭豈
如布衣徒懷抱濟世情閔彼叩門人一褭祈再生
趙子非畫師伏地寫父真謦欬在魂夢紙墨皆有神賞
鑒亦雅事垂誡猶諄諄勖哉詩禮學毋溷屠沽塵

題明宣德仿天游石湖玩月軸

石湖風景數吳門無復長橋印月痕難得天游留畫本
竟紆宸翰寫江邨沖襟不屑祥龍石（宋徽宗有祥龍石圖）藝事空
傳蟋蟀盆（宣德銅鑪最著并有戧金蟋蟀盆亦妙絶一世）玉軸剝殘朱印在墨
林遺跡要重論（此軸乃項氏舊裝不可剷棄）

有逐余舟呼冤者紀之以詩

正月二十六日乘舟過西門靖江人卜氏兄弟

隨舟呼冤詢之家在謝家橋距靖江城二十五

里哨弁羅張二人以稱貸不應袒其婦而撻其

姑并杖其兄弟數百冤莫伸也解慰之助以歸

資

冤憤塞天地蹈海亦其常哀哉有老母回顧增彷徨路

遇白髮叟拄杖來何方導我叩公門令我陳衷腸嗟余

無斧柯安能戢豪強贈汝以一言至柔能克剛叩頭謝

老兵黽勉供酒漿毋爲妄號訴天意終蒼茫

支溪

橐筆客初去扁舟吾欲東岸容三變柳蓬背兩來風欲訪蕭梁寺（支溪有明因寺今荒）因懷顧細翁可憐紅豆樹埋沒蔚蒿叢（紅豆一株不知所在矣）

白茆新市

聞道彭橋水滔滔已北趨支流小綿蔓官牘舊虛徒費三重牐空徵九縣租（太湖水北注許浦徐六涇此處海口久淤矣）前人有成議灌溉用諸湖（顧定九先生有溉田用湖不用海議蓋本明耿公水利書）

和俞曲園皀亭同作

春到先生氣自暄尋常下筆已千言文章自合關時運

人物終當屬上元細韻雄篇皆入妙梓麟威鳳名高騫
及□□ 藝堂中丞 山農不識韶護奏獨唱真無例可援

題李吉人自怡樓課孫圖

老翁讀書不下樓諸孫環坐屋兩頭俗人笑彼一措大
學人矜此萬戶侯君家學派閒揚州後先津逮虞山陬
秀才傳世十四葉喬野悵望金貂羞惜哉一病不可瘳
伏枕往往聞鬭牛我衰君老不時見懐清鄰笛空山秋
即今秀起孫枝稠前者珪璋後驊騮守身事親天下樂
自怡二字勤研求

題邵僧彌畫冊并影摹 尚書公爲卜花龕書吳

梅村畫中九友歌附於冊後

花龕端合配瓜疇非隱非狂只浪遊省識吳門兩高士

李長蘅程孟陽而外足風流

偶憶吳門血書華嚴經輕舟往覲舟中漫題舊臨

石田竹堂僧寮圖次前韻

草堂栽花半成樹花落枝空渺無處殘春一瞥太悤悤

賸有流鶯花底駐鶯啼花落各漂泊我亦扁舟隨去住

奚童嬾散強解事賞酒烹魚乞題句豈知老病意逡巡

右臂雖舒力猶未吳船柔艣百搖兀幸有飇輪助豪趣

野長逕樹倏過眼北市塔尖青已露翻愁吾筆亦飛空

收拾懷中置餘地

舟中爲董子程福題去歲畫

我昨作畫時綠陰翳軒窗今我對此畫市聲雜喧哤萬事各有適靜躁難爲雙駕言出我門輕舟緩飛艭湖波碧瀇瀁一水連胥江緬想古賢人伐石通漁矼至今湖瀕民萬户安耕稯惜哉半淪廢僅見臥柳樁茲行雖快意亦慮相舂撞瞻前忽顧後寸衷苦難降何暇鬭險韻妙語諧琤瑽平生不學畫拙筆醜且惷不如姑置之一醉竹葉缸明當訪詩僧同叩華嚴幢

題龍壽山房血書華嚴經

宋文憲三生寫經之說不足深信獨憐其遠寘金齒華君不終爲可慨也

笻笠隨緣住饑廚待客閒幸留吾舌在（余病舌僵）端爲血書來一滴今猶熱三生世浪猜由來金齒地不著棟梁材

觸目

觸目增悽楚回頭獨歎吁哀蟬聲似訴病稼葉先枯義烈吾何憾團欒世豈無一杯逃酹汝噩夢落江湖

昨夜月當戶今朝雲溼衣雨晴天有意進退我忘機風笠無端舞陀輪不易轆升高試腰腳已覺逐年非

題佑萊藏舊拓乙瑛碑

禮殿新文學舍名執經非復魯諸生王家選吏須忠孝
底事區區犬酒爭犬酒犬字蘇齋釋爲犮恐非
卒史原非胥吏徒兒寬黃霸是通儒卒史清華之選吏卒乃守衛者也杜佑謂百石卒史爲百戶吏卒甚謬臣龢曾與經師席慚愧空疏一藝無碑字有賤名者極少每對孔龢內省增怍
一字研求點畫旁書生泥古太微茫近人謂此碑以辭對故下碑字右半辛完好者爲古拓何當盡掃莓苔迹重覩穹碑日月光

題費西蠡歸牧圖便面顧鶴逸畫

趛齋奇字何人識歸牧新圖我尚疑籥口鍵精緣底事
十年冷卻鳳皇池

碑版圖書古鼎鐏一龕斗大隘乾坤桃花隝裏清溪水可許扁舟直到門

鶴廬小隱畫中禪不獨人傳畫亦傳風雨閉門大蕭瑟會添一鶴兩詩仙

初食瓜

此是江鄉第一瓜瓊漿初剖豔流霞道旁多少擔肩客各獻先生一朶花

疾亟口占

六十年中事傷心到蓋棺不將兩行淚輕向汝曹彈

瓶廬詩稿卷八終

文恭師薨逝之翌年門生陸吾山觀察襄鉞由浙江糧道解組歸里瀕行以五百金寄予將爲師刊詩文集之助其時笏齋前輩遠官京師未幾出守大同遥隔數千里因循未及商搉吾山旋即謝世蓋予爲執掌者五六年猝遭世變失而復得自維年近古稀恐一旦先朝露無以對吾友迺與笏公往返函籌蓋師著作未有定稿捘輯兩載始得詩如干首釐爲八卷笏公不克家居以稿寄示凡校勘剞劂之任一以委予予與江陰繆藝風前輩熟商寄鄂垣仿宋刻從事年餘乃得工竣即以餘貲印刷流布竊念師文章道

德原不待以詩傳而性情所寓亦可以概見生平予何幸得覩厥成不特斯集之常留天壤即吾亡友拳拳於師門之心亦可爲之少慰也已己未孟夏門下士邵松年謹記